○当代藏族女作家散文自选丛书

风过凹村

FENGGUO AOCUN

雍措 著

青海人民出版社

图书在版编目（CIP）数据

风过凹村 / 雍措著 . -- 西宁 : 青海人民出版社 , 2021.1

（当代藏族女作家散文自选丛书）

ISBN 978-7-225-06071-2

Ⅰ . ①风… Ⅱ . ①雍… Ⅲ . ①散文集－中国－当代 Ⅳ . ① I267

中国版本图书馆 CIP 数据核字 (2020) 第 218904 号

当代藏族女作家散文自选丛书

风过凹村

雍措　著

出 版 人　樊原成

出版发行　青海人民出版社有限责任公司

西宁市五四西路 71 号　邮政编码：810023　电话：（0971）6143426（总编室）

发行热线　（0971）6143516 / 6137730

网　　址　http://www.qhrmcbs.com

印　　刷　陕西龙山海天艺术印务有限公司

经　　销　新华书店

开　　本　850 mm × 1168 mm　1/32

印　　张　9.75

字　　数　172 千

版　　次　2021 年 4 月第 1 版　2021 年 4 月第 1 次印刷

书　　号　ISBN 978-7-225-06071-2

定　　价　48.00 元

目
录
Contents

第一辑　我们的一辈子

第二辑　找不到的东西

第三辑　命里的事情

第一辑

我们的一辈子

那样就再好不过了

我已经好久没这么悠闲地背着手在凹村里走走了。

细细想想，我不知道这些年自己在忙些什么。地，没因为我忙，而多出来一块儿；房子，没因为我忙，而变得不那么破旧；那口生锈的老铁锅，没因为我忙，就多让我吃上几顿好饭；门口去年枯黄的草，没因为我忙，就少长几棵出来；天上的雨和云，没因为我忙，就少来村子几趟；路上多出来的几只野狗，没因为我忙，就少冲我叫上几声。

这些年我从来没有把自己好好地空出来过一次。我要做的事情一件接着一件地在某个角落里等着我。有一年里的有几天，我累坏了，整个身体里的骨头今天这节酸痛一次，明天那节酸痛一次，我劳动了多年的大手心，那几天在慢慢地变小，我害怕极了。我告诉自己明天需要好好地空出自己一次，再不能这样没日没夜、没天没地忙下去了。我把要用的锄头和背篓放在高高的、不容易拿到的房顶上，狠下心抽走了爬上楼顶的用竹子做的梯子，又费了大力气把竹梯子扛到大门外靠在一堵围墙上，转身锁上大门。我顺着梯子爬上围墙，把竹梯子一脚踢翻在大路上，给自己下了一次再不出门的狠心。我想的是，明天我将把自己变成一个十足的懒人，好好地在家待上一天。那一天，我在屋里什么也不做，就把自己平平地放在木床上，好好地舒展一下那几天自己酸痛的那几节骨头，好好地睡一场这几年没有睡饱过的好觉，好好地做一场这几年没有做够的好梦。

我把一切都准备好了。我在黑黑的屋子里等着明天快快来。明天是我忙了很多年之后好不容易给自己空出来的一天。明天无论外面有谁喊我，喊得怎样风风火火，我都不会答应一声，我的一生中不差这样一声喊我的声音，也不差这样一件风风火火的事情非等着我去处理。明天无论我家的那几只羊回来怎么用头上的犄角撞我的木门，我也不会去给它们开门。自从它们来到我的身边，我已经无数次在它们用犄角撞那扇木门时，急急跑去给它们无数次地打开一扇门。我想在自己空出来的这天里，不再为它们开一扇木门，我要让几只羊知道，并不是在它们每次回来时都有一扇门为它们大大地开着，它们的一生中也要有过几次被关在门外的经历才会更加珍惜一扇开着的门。

明天，我知道邓珠家烧湿柴的浓烟又要飘到我家堂屋里。这么多年，邓珠家烧湿柴的浓烟总是飘到我家堂屋里来，他们家在用自己家的浓烟来熏黑一座属于我的房子，熏一个一天忙着自己的人。我每天早上都冲邓珠家浓烟飘过来的方向喊上两声邓珠家老二的名字，告诉他们家管好自己家飘出的那股烟。邓珠家的老二每次在我喊两声后把脑袋伸进浓烟里抱歉地回应我，回应完又继续让一股浓烟往我家堂屋里飘。这么多年，我已经习惯每天在浓烟中喊一声邓珠家老二的名字，邓珠家老二也习惯在浓烟中伸出脑袋来抱歉地回应我一声，然后继续让一股浓烟飘进我家堂屋。有一天，我突然发现邓珠家老二在我每天喊他的那一声中偷偷长成了一个大人。他是在飘向我家的一股浓烟中长大的，是我每天的喊声把他喊成了一个大人。明天，我不会在邓珠家的浓烟飘进我家堂屋时，再喊一声邓珠家老二的名字，我要让邓珠家的老二在我空出来的一天里，不再长大一次。

我闭上了眼睛。我告诉自己第二天就快来了，我准备空出来自己的一天就快来了。那一夜，我没睡好觉，我早早地醒了。我躺在床上，一再提醒自己这是自己为自己空出来的一天，在这一天里，我可以什么都不去想，什么都不做。可越是这样提醒自己，自己越是不想睡。

我在床上翻来覆去，眼睛一次次地睁开又一次次地闭上，我把眼珠子在自己的眼眶里上下左右地滚，一次、两次、三次……我生平从来没有让我的眼珠子在自己的眼眶里这样忙碌过一次。我在被窝里摸自己的手，感觉一下自己的方手心有没有在自己准备空出来的一天里，重新回到自己的方。我摸了很久，感觉不到手心的变化，我想有些事情可能还是需要一些时间的。我身体里那几节酸痛的骨头，这会儿倒显得安静，我在嘴里默默地夸赞它们，我希望我的夸赞让它们明白我对它们的好。我左边睡了睡右边，床头睡了又去睡床尾。我还是睡不着。就在这时，我闻到一股浓烟飘进我家堂屋的味道，我一下从床上坐起来，冲着邓珠家的方向喊他家老二的名字，邓珠家的老二又从浓烟中伸出一个圆脑袋抱歉地回应我，回应之后又任由一股浓烟在我家的堂屋中间飘。那一刻，我忘记了自己昨天想让邓珠家老二不在我的喊声里长大一次的想法。我听见门口的那几只羊在用头上的犄角撞我的门。它们“咩咩”地在喊我，喊得我心慌慌。我跳下床，着急着为这几只羊开门。可我要开门时，才发现自己把一扇门从外面锁得死死的，竹梯也被我踢翻在大路上。我一边骂昨天的自己，一边往一堵老墙上爬，爬到一堵老墙的顶，我又往下翻。我在往下翻时险些摔下了老墙。几只“咩咩”叫的羊看着狼狈的我，往后退了几步。我嘴里一边骂它们，一边打开铁锁，我放几只羊进屋，给它们喂水、梳毛，然后忙着把昨天踢翻在路上的梯子扛回来。刚放好梯子，几只羊又在那里“咩咩”地喊我。我知道几只羊黏着我想让我把它们放到山上去。我只能听它们的，如果我不听它们的话，它们在屋里会让我不得安宁。我想，等我把这几只羊赶上山，也得让自己的这一天重新空出来。这是昨天的自己想好的事情，不能就这么白白地毁了。

我赶着几只羊往山上走。这是一只羊走惯了的路，也是我这些年走惯了的一条路。路已经习惯了这些年像我这样的一个人赶着几只羊走向它。

我又开始回忆起我的这些年。

我不知道这些年我忙出了什么结果。这么多年过去，我的生活里没有多出任何忙过的东西。粮仓里的粮食反而没以前多了，水缸里的水也不像以前那么满了，地里能收回的瓜没以前大个了，以前该种一亩地的青稞现在被我种成了半亩，可我的日子却越来越忙。

人人都看见了我的忙。我每天天不亮就下地干活，天黑透了才回来。我每一年要到尼玛铁匠那里买两把锄头、两把镰刀，到松尕那里买三次撮箕、两次背篓，而一到年底，我买的这些东西又很快地被我用坏用破了。

这些年，我把很多时间都花在了忙上面。我顾不上好好吃饭，顾不上结婚，甚至都顾不上做梦了。我一直有一种想法，只要自己好好忙上一阵子，忙出点啥名堂之后，我就花点儿时间把自己好好地歇一歇。怎么个歇法，我都为自己想好了。好好歇一歇的时候，我想躺在多杰家的那根烂木头上好好睡上几天的觉。多杰家的那根烂木头是很多年前不知道是多杰家的谁从深沟里砍回来的。听说那根木头从深沟里拉出来时，用了凹村的六个年轻人和九头壮牛。那时，多杰家的那个谁想用这根大木头干件大事，但是后来不知什么原因，这根大木头没让多杰家干成什么大事，反而被多杰家当成一根没什么用处的木头扔在路边很多年。很多年之后，那根曾经的大木头成了一根废木头，木头心一天天地空，边边角角慢慢在风雨中腐。我经常看见有一个人或两个人有时头对头，有时脚对脚，软塌塌地躺在那根烂木头上，他们闭着眼睛像那根烂木头一样，任由尘土一整天一整天地往他们身上落，任由阳光和月光一大块儿一大块儿地往他们身上洒。有时，我在路上遇见这些从烂木头上醒来的人，我感到他们说话的声音，还有他们的身体都附着一节烂木头，以及阳光和月光的味道。只是这些人一副没睡醒的样子，让他们觉察不到自己身上的这种味道。那些从烂木头上醒来的人，我观察过几个，他们走一节烂木头前面的路，眼睛都是闭着的，那时他们的醒还不是真正的醒，烂木头前面的那节路是他们在梦里走完的一节路。我心生羡慕，我想等我空下来，也要到那根烂木头上好好地睡上几天几夜的觉，把这些年没做成的梦都在那根烂木头上好好地做一场，把这些年没睡够的觉在那根烂木头上睡个尽。我也想尝试一下在一节烂木头上醒来，看见一个像现在的我一样忙的人从我身边走过，然后我一副没有睡醒的样子，不去给别人说一句像样的话。

几只羊摇头摆尾地走在我前面。它们已经在我前面摇头摆尾地走了很多年。这些年，我发现我一直是被这几只羊带着，走了很多年。羊最后会走向它自己的哪里？我被这几只羊带着，最后会走向自己的哪里？我不知道。羊该有羊命，人该有人命，而这些年，我的人命又在哪里？

这么多年过去，我发现我自己想把自己空出来的一天，想在那节烂木头上睡觉的梦想没有了。我开始害怕自己一个人躺在一根烂木头上睡觉的样子，我知道自己也和一节烂木头差不多一样地腐朽和老了。我恐惧自己的老和一节烂木头的老遇在一起的悲凉。这么多年过去，我想把自己空出来时，我宁愿把自己关在一间黑漆漆的、冰凉凉的屋子里睡觉，也不愿意和一节烂木头睡在一起了。我怕这些年里因为我忙而没有关心过的尘土在我睡着的时候，一起朝我扑来，盖住我这样一个老在忙里的人。

我突然厌倦了跟着几只羊走，我转身就离开了它们。我在回家的路上继续想我的这些年。这些年我一直想忙出来的啥名堂也没忙出来。这些年，我只是在啥名堂也没忙出来中，把自己越忙越老了。在一条回家的路上，我越想越灰心。我什么事也不想做了，对于那些啥名堂都没忙出来的事，我要从此放下，我准备回家干件大事情。想着这些，我匆匆往山下赶。

回到家，我把年初刚买回来的镰刀、锄头、簸箕之类的东西都送给了别人。我把这些送给别人时，他们最先不接，他们认为我在开一场玩笑。我懒得理他们，把我要送他们的东西扔下就走了。我一边走一边心里堵得慌，我骂这些人不知好歹，骂他们不懂我对他们的好。过了很久，我也没看见我送他们的东西被我送的人拿出来用过一次，我知道他们是怕我有一天后悔问他们要回来，然后找些理由说他们用坏了我的东西，让他们赔我一样新的。我挨个去找那些人，我要让他们明白，我送他们的东西是我真心诚意送给他们的，我不会反悔，更不会让他们赔一个新的给我。这样说之后，我才看见那些被我送出去的东西在某天或某个季节拿在一个人的手中，起到一把锄头、一把镰刀、一个簸箕该起到的作用。

自从送出去那些东西，我给自己空出来的时间多了起来。那几只我养的羊，我也不再关心它们了，它们爱回来就回来，不爱回来，我就任由它们在村子里转悠。我知道村子的路上没有它们可以吃的草，它们饿了的时候，总会想办法去走一条自己走顺了的山路找吃的。我说过，我不想让几只羊再带我走下半辈子了。我每天没事就背着手在凹村到处闲逛。

这些年，我一直生活在凹村。但是因为忙，我没真正地好好看过这个村子一眼。等我闲下来关心这座村子时，这座村子里很多都已发生了变化。

村子往西边多移出去了一些，那棵以前种在村子西边边界上的老树干往西边多伸出去了一些。村子那多出去的一节，方方的，被不知道哪家的主人种上了青稞。村子的上方，多出了一座泥巴房，当我看见那座泥巴房时，那家人的房顶上已经不知道冒了几年的烟了。村子里到处都是我不认识的牲畜，它们看见我先是愣愣地盯上我一会儿，然后走到我面前和我抢一条路来走。它们认为我是一个外人，它们在我前面充当村子的主人，它们不允许自己村子的一条路让一个外人走。我在一棵老树下休息，秋加老人向我走来，他坐在我旁边，我主动给他打招呼，老人慢慢把头转过来，又慢慢转了回去。他已经不认识我这样一个人了，因为我好几年没和他讲过几句话，他也认为我是这个村子的一个外人了。有几个娃从我身边跑过，他们没大没小，喊都不喊我一声，就匆匆地跑远了，我想他们也不知道该喊我什么，他们都是我这些年在忙里丢掉的人。

我背着手走近一座老房子。房子的老是我没法形容的，它的周围长满了一人多高的杂草。房子右上角垮了一节下来，四面的泥巴墙裂出三四道口子，屋顶的青瓦被风或者鸟什么的掀得有的破碎在地上，还有那么三两片直直地立在屋顶，等下一阵风重新把它掀一次。一群牵着线的黄蚂蚁头不晕脚不累，一圈一圈地围着这四堵老墙白天夜里不停地爬。木制的窗框上停着不知道是哪一年的三四只蝉壳，脚紧紧地抓着窗框，大大的空眼睛可怜兮兮地盯着窗户外面的那条细路看。

一座房子的荒，总让人想到一个人的荒。

这座房子的主人是一个叫洛珠的人。在凹村，洛珠到处都是仇人。在凹村，如果谁不是洛珠的仇人，这个人就会遭到别人的笑话。洛珠是把一个村子都得罪完了的人。谁都不想和洛珠多说几句话，多给洛珠说几句话的机会，谁都会莫名其妙地挨洛珠的打。洛珠打人不分轻重，一拳落下去，人的骨头都会断。凹村有几个被洛珠打残的人，做着一辈子恨洛珠的事。谁也管不了洛珠这种人。

洛珠说起话来粗声粗气，只要有洛珠在场的地方，谁都别想让自己的声音大过洛珠的声音。洛珠平日里也喝点小酒，一喝就醉，醉了就开始打老婆。打完老婆打孩子。经常有人在路过他们家窗沿下，听见洛珠打自己的家人，外人不敢去劝。外人一旦去劝，洛珠连外人一起打。

洛珠的头圆圆的，常年戴着一顶黄色的帽子。这种帽子从洛珠十二岁就开始戴着，戴到那年已经四十多年了。洛珠从来没想换过一顶好看的帽子来戴，仿佛他这辈子就认定这种帽子。

除了年纪大的，比洛珠岁数小的都没见过洛珠的头。有人说，洛珠的头坑坑洼洼的，到处长着一种红色的痘。还有的人说，洛珠的头是很奇怪的头，洛珠的头顶上根本不会长出一根头发来。洛珠也不是完全没有头发，洛珠的耳边就长着几根黑得发亮的头发。洛珠有事没事总会把那耳边的几根头发拿出来摸，洛珠是故意拿出那几根黑得发亮的头发摸给别人看的。

有一年，洛珠和一个担着担子来凹村做小买卖的外地人打了起来。那人不了解洛珠的脾气，随便跟他开玩笑，随便把一些听来的笑话说给他听。洛珠前面听得入神，跟着外地人笑，外地人不知道说到哪儿了，突然就得罪了洛珠，洛珠去打那个外地人,外地人也不求饶,一把扯掉了洛珠头上的帽子。在以前,即使洛珠再欺负别人,别人都不敢伸手去拿掉洛珠头上的帽子。外地人不知道这些，那天全村人都看见了洛珠多年来不让别人看见的头。洛珠的头上除了耳边那几根头发，脑袋光亮亮的。那个拿掉洛珠帽子的人，傻愣愣地站在洛珠面前，没有了抓拿。风在那时也做起了怪，它把洛珠的帽子往远处一节节地刮。洛珠突然捂着头哭起来，他的哭像极了一个孩子的哭。哭得凄凄惨惨的，哭得没心没肺的。他边哭边在风中追那顶帽子，追着追着，人们看见洛珠就翻过了村口的那座山，追着追着，洛珠就再也没从一场风中走回凹村。

全村的仇人骂了洛珠好长时间，骂他活该，骂他报应。骂着骂着，大家都偷偷地朝洛珠追赶帽子的方向望。他们在等一个叫洛珠的人有一天从远处追着风中的帽子跑回来，过不了多久，又把凹村的人重新变成他的仇人。

今天，我无意走到洛珠的房前，看着洛珠家的荒，心生一片荒凉。我断定洛珠在远处的生活过得不是很好。一个人的家即使几十年不住人，只要家里还有一个人在外面过得稍稍好点，门是不会坏的。门最知道一个家里的人在外面的情况，如果外面的人稍稍把生活过得好点儿，门不会气一个扔下它几十年不管的主人，它会帮着外面的主人好好地看好一个家。家看好了，待在外面的主人说不定哪天就会回来了。门明白凹村走出去的人的脾性，在外面没混出个样子，人是不好意思回一座自己当初扔下不管的房子。但是洛珠的家门在我看见它的那天，已经在风雨中敞开了好几年，风反复地吹着木门"啪啪啪"地响。现在，洛珠的家无论什么时候走进去，都住着一屋子的风。

我从洛珠房前过，我在心里对洛珠默默地说了一些话。

我说："洛珠，你这些年在忙什么？一个没长头发的脑袋就那么重要吗？"

我说："洛珠，你以前一天忙一天忙为的是啥？我忙了几十年，如今活透了，现在不想忙了。”

我说：“洛珠，我现在活到黄土盖住了嘴，我明白了一个道理，人是活该自己忙自己的。”

我说：“洛珠，有一件事我从来没有告诉过别人，今天我想告诉你，我现在在候一件事，我希望有一天凹村能来一场大风，把我像你一样干干净净地带走，那样就再好不过了。”

一片暗的生长

在夜里，就是不睁开眼睛，我都能听见一片暗的生长。那声音不大也不小，刚好适合一片暗。

那几天，我的身体出现了各种说不出的毛病。我感觉长在身体里的好多属于自己的东西在远离我。那些想远离我的东西拼命地在我的身体里挣扎和对抗，他们想逃出像我这样一个懒了一辈子的人的身体，他们跟了我三十多年，现在厌倦了我，他们想走出我、远离我，不再跟着我了。

我走在人群里，有好几次险些摔倒，我不知道我为什么走着走着就险些要摔倒了。我的双脚和这片大地接触了三十多年，到现在突然就站不稳了。那几天，我的脚和凹村的地接触时，始终轻飘飘的，我不知道是让我踩了三十多年的凹村的地在故意推我踩下去的脚，还是我的脚故意在我的身体上作怪。我险些摔倒的时候，凹村的几只老狗正跟在我屁股后面，我吓坏了那几只老狗，它们一哄而散。它们害怕一个人突然就倒在它们面前，让它们不知所措。它们还不习惯一个人突然就倒下的感觉。它们可能见过一座山突然倒下，一棵树突然倒下，一座房子突然倒下，就是没见过一个人走着走着就突然倒下了。一个人突然倒下要比刚才说的那些倒下都可怕。在一群老狗眼里，人比一座山、一棵树、一座房子都要重要。我还是没弄清楚自己走得好好的怎么就突然站不稳了。那一刹那，我感觉有样东西从我身体里抽走，那样东西是支撑我整个身体的力量。那东西一走，我的身体就垮了下去。还好，我要倒下的时候，旁边是尼玛家的那堵黄泥巴墙，我一下就把软下来的身体靠了过去，一堵老墙救了我，我缓缓顺着老墙坐在了地上。我心里感谢一堵老墙扶着我，一堵老墙在我最需要帮助的时候比那些你平日里偶尔给过好处的老狗们要可靠得多。我在地上坐了一会儿，身体里的力量慢慢恢复过来，我告诉自己要站起来，别老是让一堵老墙扶着自己。再说，如果让凹村的过路人看见，会当成笑话的。我从地上站起来，拍了拍身上的土，仿佛刚才的自己不是自己。我叹着气，这声叹气不是为自己的突然软下而叹气，而是回忆起那些老狗们一哄而散的样子，心里就有股闷气憋着。

还有一次，我正和别人说话，说着说着，我的话就跑偏了。话跑偏了不要紧，关键是只有我自己知道，那一句句钻出我嘴角的话，并不是我心里想说的话。我想说的话被那一句句跑偏的话压着，压得我喘不过气。它们在我的喉咙里打架，我想说的话输给了那些跑偏的话。所有的人都看着我，我理解他们用那种奇怪的眼神盯着我看，仿佛我是一个怪人。我从心里也看着自己，我警告自己赶快收回那些跑偏的话，那些话言不由衷，完全和我们正在说的事情不是一回事。当越来越多奇怪的眼神落在我脸上时，我尴尬地对着大家笑，手却紧紧地捏上了拳头，我想自己给自己一拳，或许这一拳能让我嘴里正在跑偏的话停在某个字上。比起这些跑偏的话，我不在乎别人怎么看一个自己给自己一拳的人。我把握紧的拳头拿起来，我想用平时挖一块板地的力气给自己一拳。我举起了拳头，但就在我准备给自己狠狠一拳的时候，那些跑偏的话突然停了下来，一切恢复了正常。

那几天，我的手也出现了问题。我下地干活，想拿一把锄头挖地，那块荒芜了整个夏天的地需要一把好锄头去好好松松土。一个夏天，我让一块地空着，没种任何粮食。我想，土地也需要休息。我想讨好一块土地。一块土地在很多年之后，会记住我让它休息了一整个夏天。那一整个夏天是它最值得挂念的一个夏天。一块土地也需要一些留在记忆里的美好的东西。过了那个夏天之后，我不能让一块土地再空下去了，如果再空下去，我想我也会熬不过今后的几个夏天。那天，我囫囵地填饱肚子，怀里揣上两个火烧子馍馍。那天，我准备好好在地里干上一阵活，把荒了一个夏天的地打理出来，种上一季的豌豆。我锁上门，去黑房子里找锄头，我看见那把好用的锄头就放在花篮子背篼里，就是怎么也取不到。我把手伸向锄头，手总会在要拿到锄头时转向旁边的四爪、小钉耙之类的东西。那块空了一个夏天的土地，不需要像四爪和小钉耙之类的东西，它只需要那把尖尖的锄头。可我怎么也拿不到它。我拿锄头的时候，手被一股力量操纵着。无奈之下，我只有随便拿一件我的手想拿的农具下地干活。当我拿着那小小钉耙走向空了一个夏天的土地时，凹村人开始笑话我了，他们说我干了一辈子的农活，干到老了越来越不会干了。我对那一句句笑话我的话充满厌恶，我把一张臭脸摆给他们看，但其实我也笑话我自己。只是我的笑藏在心里。

有一天，我想走一条回家的路。我的前脚跨出去以后，脚怎么也挪不动。我的后脚不想回家，它想去另一个地方。那个地方我不知道在哪里，可能离我的家很远。我使劲挪动我的后脚，我的后脚却越发固执，我没有办法，我不能像它那样犯倔脾气。我收回我的前脚跟着后脚走。我穿过小路，走过一段陡坡，前面是另一个村庄。我的脚停在了那里。这个村庄到处种着一种蓝色的花，花香扑过来，我的整个身体都被那种蓝色的花香包裹着。这个村庄里没有一个人，没有一缕炊烟，到处装着风。我在那里待到黄昏，我想回家了，再不回，夜会盖住路。在一片黑里，我怕迷失自己。我往后转，前面带我来这里的那只脚还有些迟疑，但还是跟我走了。我不清楚我的这只脚和这里有什么关系，但我明显感觉到它想留在这里。如果能出走我的身体，它肯定会这样做的。

我没告诉过任何人，在我身体上发生的事情。我知道自己说不清楚。即使说清楚了，又能怎么样？谁能帮助我？没人能帮助我，这点我很明白。我越来越不是我，很多东西正在从我的身体里出走。我控制不住自己。我把自己躲进了暗里，不敢见人，不敢去想暗之外的一切。

暗是我的保护壳。只要我不走出暗，我的身体才是我的身体。那些一直想从我身体逃离和出走的东西在一片暗里找不到路，他们乖乖地回到我的身体，我终于属于我了。

我分不清楚白天和夜晚，我也不想分清楚。我就那么静静地待在暗里，什么也不想，我想像我空了一个夏天的那片土地一样，空自己一个夏天。

为了不想让人来打扰我，我把门窗关得紧紧的，我给门上了一把生锈的铁锁。我想让人知道，我是铁了心不想见任何人。但这只是我的想法，也许在别人那里，我这样的人并没有我自己想象得那么重要。

在长长的生命里，每个人都不会在别人那里显得那么重要。

记得那年，卓嘎出去放牛，一天没有回来，两天没有回来，一个月还没有回来，刚开始有人还提起卓嘎，之后就再没人提她了。卓嘎放牛回不回来是卓嘎的事，和任何人似乎都没有太大的关系。两个月以后，卓嘎放出去的一头黑牦牛回来了，一头放出去的黑牦牛皮包骨头地回来站在卓嘎家的圈门口，怎么也不进圈。人们闲话一头黑牦牛在外待了这么久，却把自己喂得瘦瘦地回来。走出凹村就是草原，草原到处长着草，那些草春夏秋冬地长着，生怕没有牛羊去吃，悔了春天的发芽。后来几天，牦牛不吃也不喝，守着卓嘎家的老房子死在了那里。再后来，一个出远门回来的人在根多草原发现了卓嘎的背包和嘎乌，卓嘎已变成一堆白骨躺在那里了。

我把自己住进了暗里。我想有人像忘记卓嘎一样也会把我忘记。

当我住进暗里，我发现了一个秘密——暗会生长。暗生长的时候，我的耳边能听见隐隐的“嗤嗤”声，那声音轻轻的，像在躲着我。它再躲，我都能听见，我的耳朵很尖，我能听见一切藏在暗里的声音。

什么东西都可以把暗变大一点。狗叫一声暗会变大一点，猫叫一声暗会变长一点，牛叫一声暗会变宽一点，老鼠叫几声暗会变得更细腻一点儿，还有蚂蚱的叫声、落雨的声音、飘雪的声音、树上叶子的声音，都会让暗有些变化。整个凹村人在夜里的呼吸像在推一片暗的边，呼吸声越大，他们推暗的边的力气就越大。夜里，凹村人对一片暗干着活，自己却什么也不知道。

躺在暗里，我在想暗的样子。暗会是什么样子？它会不会和人一样有人的眼睛、鼻子、嘴，它会不会还有一些人的情感？

在暗里，我轻轻挪动一下酸麻的腿，暗也会变大一点。出于好奇，我在暗里轻轻地咳嗽一声，我想看看暗会不会因此变宽、变软、变大一点儿。果不其然，我咳嗽的瞬间，暗变大了一点儿。我是怎么知道暗变大了一些呢？我听见隔壁家羊圈里的声音离我远了一点儿。我不敢再咳嗽，我不想让一群羊的声音离我越来越远。在暗里，我需要一些陪伴，我不想太孤独。在暗里，我想到那些日子里我的身体。那些日子，我的身体一直在出错，我想我出错的一部分是不是就是暗里生长起来的那一部分？

暗在我们看不见的地方拼命地长。暗自己想长，暗本身也在无限地长大。

小时候，我一直认为天是最大的，地是最广的，自从我待在暗里之后，我知道了一片暗的无限张力。我说不清楚暗到底有多大，但我知道暗一直在长，在我看不见的地方长，在我忽视它的时候长，在我毫无察觉的时候长。

我在暗里想自己的成长。我已经记不清楚自己的成长了。我是怎么从一岁长到现在的样子，很多事情已经在我成长的过程中，慢慢丢失。以前很多根深蒂固的事情，我现在怎么回忆也回忆不起来了。这是我生命的成长留给我的。

我在暗里待了十多天，我知道外面的天不会长大，外面的地还会是原来的样子。但我却知道了暗的生长，暗生长多的时候，我的耳朵白天夜里装满暗生长的声音，从那时起，我就明白整天挂在凹村上空的天已经大不过凹村的暗了。

夜是暗的幌子。每个人的一生都有一部分日子处在夜笼罩的暗里。每个人的一生都有一部分东西长在暗里，被暗长久地占着。暗里成长起来的那一部分，人很少拿出来说，也不想拿出来说，人都热爱阳光和光亮里成长起来的东西。

人天生对暗有恐惧和说不出来的拒绝。

我经常听别人说，我今天想早点睡，养足精神，明天好做其他的事情。可到第二天，早睡的人起来说累得不行，仿佛在夜里干了什么重活一样。

有段时间，凹村地里的青稞一大片一大片地荒芜，整个路上的草因为没人去踩长过了膝盖，几家人山上砍好的柴火，前面商量好一起让它们滚下山，可大家都没有了力气。本来可以燃火的叶子落在了路上，本来可以多收几筐果实的树少收了几筐，本来可以长出其他东西的地方，长满了路边的杂草。

暗在吃凹村的很多东西，暗不会告诉人。我听见暗的生长一天比一天快，我从暗里走不出去了，我听见凹村的很多东西在离我越来越远，越来越远。

我躲在暗里，听暗落地的声音一次比一次重。

越来越薄的等

从去年开始，彭措扎西就什么活也不干了。从去年开始，仿佛彭措扎西这辈子的活都已经被他的前半辈子给干完了。

他每天吃了饭就一个人坐在自家院子里抽鼻烟。鼻烟粉放在鼻口，彭措扎西耸着鼻子深吸一次，就再不吸下一次了，似乎他吸鼻烟的力气只有那么一次。剩下的鼻烟粉彭措扎西也不管，等来一阵风，该吹走的吹走，不该吹走的扑得他满脸都是。彭措扎西坐在那里一动不动，他相信每天都有下一阵风要来，下一阵风会带走他满脸的鼻烟粉。

彭措扎西每吸一口鼻烟，就往四面八方看一眼，以前有人恰好在他往四面八方看的时候路过他们家的院子，他们向彭措扎西招呼，他看看给他招呼的人，不说一句话，又把眼望向了四面八方。

四面八方除了山和树，啥也没有。当然四面八方还有无边际的天，天是从四面八方的山顶漫出去的。天会漫向哪里，彭措扎西不想关心。天漫得再宽、漫得再远，彭措扎西生活了一辈子的地方，天还是没见宽到哪儿去，远到哪儿去。在凹村，天从来没什么变化，人关心天什么作用也起不了。彭措扎西清楚这点。

他看够了山，瞌睡了也懒得移动步子，靠着老墙随便睡。他睡觉喜欢蜷缩着身体，头低低地埋着看脚下的地，远远看去，像一条老狗蜷缩在一堵老墙边，靠一堵老墙来给他传递温暖。从去年开始，彭措扎西身上就生长出了一股老气，那股老气的味道越来越浓，让看见他的人觉得自己被一种莫名的老困扰着，浑身不自在。

彭措扎西并不知道自己的老气困扰着别人。阳光好的时候，他常常闭着眼、歪着头、张着嘴，让从天而降的阳光通过一张大大张着的嘴走进他的身体。彭措扎西这把岁数，身体里凉的东西太多，他需要以这种方式得到一些在他这把岁数想要的温暖。彭措扎西在为身体寻找温暖时，他背后的那堵老墙也学着他斜着腰、裂着缝，直勾勾地望着干巴巴的天。一堵跟了彭措扎西这么多年的老墙是不是也和他一样需要一些阳光来暖暖身子，彭措扎西不管，在他这把岁数，也管不了那么多的老了。

以前，经常有扛着锄头下地干活的人和一些凹村闲逛的牲口路过彭措扎西家的门口，伸着长脖子往里看，后来他们发现在看彭措扎西的老时，一堵老墙的老一起被他们看见了。一堵老墙的老和彭措扎西的老聚在一起，两种老如此相似。人和牲口都怕一种老得让他们难过的东西。他们同样担心有一天这两种老中的其中一种老不见了，那另外的一种老还会不会坚持下去。谁都怕有些东西突然有一天就不能坚持下去了，谁都不愿意在路过彭措扎西家时再多往里面看一眼。他们在彭措扎西家门口故意加快步子，走得火急火燎的，像是一到这里就有一件他们突然想起的急事在某个地方等着他们，由不得他们在彭措扎西这里多耽搁一点时间。

彭措扎西的前面还有两座泥巴房，确切地说只有一座，还有一座已经变成一堆废土高高垒在那里。剩下的一座泥巴房的青瓦上到处长着草。彭措扎西看着有些瓦在房顶上裂，有时会将瓦片开裂的声音学给人听。听到他学瓦裂声音的人觉得彭措扎西给他们发出的瓦裂声，不像是瓦裂声，更像是一个人心碎的声音。

彭措扎西说："什么时候一片瓦会裂，我是能听见的。瓦裂之前，一片瓦会'哧哧'地响一会儿，那'哧哧'响的声音即使是在梦里，他也听得一清二楚的。'哧哧'响之后，并不是马上就裂，瓦在裂与快裂之间会有一段时间的静，那静像一根麻绳，绷得紧紧的，让我莫名地慌。"

有人也学着彭措扎西靠在自家的老墙上，想听听自家老房上的瓦有没有裂。一座老房太老了，人不敢去爬，他们怕自己爬上去会压垮一堵墙，一堵老墙没有了，一个家就没有了。但他们又担心自家的瓦裂开了自己不知道，瓦裂开了雨水会顺着一些细小的缝流下来，他们怕雨水流下来的那些夜，自己恰好睡着了，等第二天早上醒来，流进屋的雨水又被后半夜的风给吹干了，自己很久都不能发现自己家有一处房顶在漏雨。时间一久，漏雨的地方木头腐朽，老鼠、鸟、蚂蚁把这些腐朽的木屑悄悄搬进他们的巢穴里暖他们的背，而自己什么都不知道，自己要等的就是哪一场雨或雪再落一次到自己家的房顶，房顶再也受不住一滴雨和一片雪的重量，垮了下来。到那时，谁也逃不脱这样一次蓄意已久的阴谋。

彭措扎西一家就没逃脱这样一场蓄意已久的阴谋。

那次，彭措扎西去地里干活了。那天，他在地里的活总是干不完。刚挖过的地始终觉得没挖深，刚拔过草的地方等他一转身草又生长起来了。他说那天真是怪，一块地总是挖不完，一片草总是拔不干净。他累得不行，坐在月光铺满的地里想今天遇见的怪事。那时四周静悄悄的，一轮月亮静悄悄地看着他。他在静悄悄中听到他向人学过的瓦裂的声音，但那时四周没有一座房子，他想自己是听错了。不过，那声音隔一会儿又响一次，隔一会儿又响一次。当那声音响的次数越来越多，彭措扎西的身体有了些变化，他头皮发麻，踩在地上的双脚不听使唤，始终想往一个方向走。彭措扎西在月亮地里骂一双不听使唤的脚，骂着骂着，他的嘴就不听他的使唤了，嘴往一个方向歪，嘴里想说的话变成了一片片瓦裂的声音。彭措扎西怕了，这种怕是他有生以来从没有遇见过的怕，这种怕还不是单纯意义上的怕。他站起身，正准备扔下身后没挖的地和没锄尽的草就走，他的脚快于他的身体先迈了出去。他走得跌跌撞撞的，他为自己羞愧，一条他走顺了的路，在今晚走成这样，如果让外人看见，肯定是个笑话。还好，今晚只有月亮看见他的跌跌撞撞，他无须在一轮月亮前面羞自己。彭措扎西回到家，眼前的一幕让他惊呆了，他的整座房子软在了地上，远远看去像修在夜里的一座大坟。没有人发现一座房子垮在深夜里，即使有人听见那深夜的巨响，都会怀疑自己听错了，夜总会用一种自己的办法掩盖一些发生在夜里的事。那些听见巨响的人又迷迷糊糊地睡过去了。

彭措扎西呆呆地站在夜里，呆呆地立在自家软下去的房子前，想哭出声，却怎么也哭不出来。他“砰”地一下跪在地上，膝盖撞地的声音在一座软下去的房子前发出一阵空响。他久久地跪在地上，心里什么都空了，只有月亮陪着他。又一片瓦裂的声音脆生生地响在他的耳边，而后就是一片夜的死寂。他相信一片瓦裂的声音是故意让他听见的。从此，那瓦裂的声音就一直响在他的耳边。一片瓦裂的声音让他永远记住了那个夜，那个夜让他失去了所有的亲人。

有些东西一直躲着人，彭措扎西想。那些东西躲着人不出来和人见面，其实是想和人更长久地生活在一起。那些东西你说它坏，也不是；说它好，也不是。好和坏在有些东西那里什么也不是，好和坏很多时候是人自己界定的。那些东西不懂好和坏，只想做自己想做的事情，不去管人。

人越老，躲着你的那些东西离你越近。人越老，你会发现你生活了一辈子的地方其实离你越远。人越老，梦越多。一个老人经常梦见自己在登山，在赛马，在修房子，在吵架，在结婚，在打理一条路，这个老人其实已经慢慢活到自己的下一世去了。人认为自己还待在凹村，喝凹村的风，吃凹村的饭，和凹村的人说话，和自己的亲人在同一座房子里睡，人就认为自己还活着。

人永远把活着当成是这辈子最重要的事情。

人一辈子总有一次或多次梦见过自己的死。梦里的死像一场真的死，人在梦里害怕、胆怯，人把梦里的恐惧哭着喊回到自己活着的这个世界里，那一声长长的喊叫声是怎么从一场梦里延长到自己生活着的这个世界。这喊叫声从一场梦里传出时，路过了哪些地方，都经历了什么，人不太关心这些。人关心的是自己在梦里死了，人在梦里甚至看见了一场自己的葬礼，那场葬礼人数不多或很多，人却看不见几个自己认识的人，那是一场连你自己都很陌生的葬礼。你一觉醒来，你哭喊着醒来，从此你看凹村的每个人都怀有一种说不出的伤感，你在想，自己一辈子对那个人那么好，他为什么没有出现在自己的一场葬礼上？你在想，你曾经帮忙送过两三口棺材上西坡的那些人家为什么没有出现在你梦里的葬礼上送送你？想多了这样的事，你莫名地就对一些人冷淡了起来，人与人的距离在慢慢隔开，你却不愿意把这种心里的想法说给人听。

彭措扎西说自己活到这把岁数，最羡慕的就是那些睡着就再没醒过来的人。

比如达瓦。达瓦死的前一天他们还在一起。那时，达瓦不知道自己会死，他也不知道。他们两人坐在草地上看一只羊爬另外几只羊。达瓦眼睛不转地盯着那头公羊怎么入那几只母羊的水门。看过之后，他丧气地躺在草地上，对着一片天说：“下辈子我想变成一只羊。”那时天上到处是白绵绵的云，有的像人，有的像兔子，有的像鬼怪，还有的什么也不像，只是一朵云。他们睡在草地上，都在一片天下想自己的事。想着想着，彭措扎西睡着了。不知道过了多久，他被一阵冷风吹醒。看见达瓦静静地睡在他的身边，脸上带着笑。彭措扎西喊达瓦，达瓦一动不动。他推他，他硬硬地不理他。彭措扎西从达瓦身边站起来，高高地看着他，达瓦脸上的笑依然没有散去，但他再也喊不醒达瓦了。达瓦是在一场梦里走的。彭措扎西扔下达瓦，往家的方向跑。天上的云追着他跑。那时，满天的云朵都变成了羊的样子。一群羊追着他，他想达瓦变成了一只他想变成的羊上天了。于是，他缓下脚步，不急不慢地把达瓦死的消息带回了村子，那时天已经黑了。

彭措扎西没有请人来打理那座软在夜里的房子。他就让那座老房子放在那里，他说他的一家五口都在里面，团团圆圆的。他说那次土房垮掉是在夜里，一家五口都睡得正香，如今就等他睡在这院子里，让他们陪着他。

那座倒塌的土房旁还有一座小土房，以前是用来装草料的，彭措扎西把它收拾了出来，自己住了进去。别人都劝他别在那小房子里委屈了他的下半辈子，如果他愿意，明天就让全村的人来帮忙，给他修一座大一点儿的房子。彭措扎西摇着头拒绝了别人的好意，他说："人都到这把岁数了，房子不房子的都不重要了，重要的是一些其他的东西。"彭措扎西把话说到这里就断了，他不愿意再把一些话说下去。

彭措扎西很欢喜自己现在住的小土屋，在小土屋里住着，夜里总能看见一家人像以往一样各忙各的样子。在这个院子里，自己的家人似乎从来没有丢掉一个叫彭措扎西的人。

彭措扎西说："这辈子自己已经活够了，现在什么也不想干了，每天天一亮就坐在院子里。没事就看着自己面前垮塌的房子，抽抽鼻烟，晒晒太阳，然后就靠着一堵老墙睡睡觉。"

彭措扎西常常对别人说："我这辈子，就只剩下等了，我听见一片瓦裂的声音离我越来越近。"

远处一阵风不紧不慢地向他吹来，风会带走他脸上上一次没有带走的鼻烟粉，风还会带走彭措扎西越来越薄的等。

路在这里拐了一个大大的弯

今天早上，凹村来了三个买卖马匹的人。

那三个买卖马匹的人如果在一个村子买不到几匹好马，他们就买几头牛、几条狗、几只鸡走。他们到一个村子是来做买卖的，如果在一个村子一桩买卖也没做成，走出村子脸面上挂不住，他们的心也不甘。

我一直跟着这三个人走进我们的村子。我知道他们要到村子的哪里，所有的凹村人只要看见这三个人来，也和我一样，知道这三个人要到哪里去。只是他们不像我，看见这三个人来，可以马上丢下手里的活，立即跟着这三个人走。

我好奇这些从外面来的人。

我一路跟在这三个做买卖的人身后，看他们身上带的家什。像他们这样经常走村串户买卖马匹的人，身上带的家什并不多。一个人腰上捆着几根细麻绳，另一个人腰间别着一把长刀，还有一个人身上啥也没有，只带着全身的沉默。这个全身带着沉默的人，一路一句话不说，只看着脚下的路走。路哪里弯一下，他就在那个弯的地方站一阵子，他不是在等后面的两个人，似乎是在想一条路为什么要在这里弯一下。跟他一起来的那两个人倒是自在得很，他们把想说的话一路说个尽，想吹的牛一个劲儿地吹。

我爱听他们把牛吹上天的话，说到高兴处，他们把头转过来问我两句。他们骂我是个傻蛋子。傻蛋子就傻蛋子，我跟着他们。他们吹的牛，偶尔会逗得我笑。

“笑，只知道傻笑。”其中一个瞪着我说。他说的时候，我不笑了。他转过身又接着吹牛。我还是跟在他们身后，想笑的时候我接着笑，我不管他们骂不骂我。

牛吹了好几个路的弯，那个沉默的人就站在弯上看路为什么在这里弯了好几次。

“傻蛋子，闲话听够了？”一个又问我。

我摇头，好像觉得不对，又点点头。

“傻乎乎的。”他们笑着说我。我看见其中一个买卖马匹的人嘴里镶着一颗金牙，他笑的时候，亮闪闪的金牙对着我。

“话不能让你白听去了。”镶金牙的人对我说。我不懂他的意思，望着他们。

那两个人问了我一些事。今年凹村下了几匹小马驹，今年谁家的老牛又快不行了。问完牲畜的事，他们还打听我们村拉姆的事。他们问拉姆的事，声音比他们吹牛时低很多。他们问我拉姆现在是不是找到男人了？拉姆的屁股是不是长圆了？拉姆的奶是不是还和原来一样，一个喜欢露在外面，一个裹在藏装里。

我先回答他们有关牲畜的问题，后回答有关拉姆的事。

我慢慢地说谁家下了几匹小马驹，谁家老牛快活不成了。他们开始还认真听，后来就显得不那么耐烦了，他们催我快点往下说。我加快了说话的速度，但总是说不完，凹村一年里下的马匹和快老掉的牛很多，平日里我没怎么理顺，一旦他们问起，我得好好理一遍。他们打断了我，好几次让我不要说牲畜的事情了。我说马上就说完了。我始终觉得说了这家漏掉那家，让我心里欠别人什么似的。

“废话别多，快快说拉姆。”他们吼我。我这才从牲畜的事情里走出来，我开始想拉姆。但我突然觉得拉姆好像没什么好说的，我不知道怎么说拉姆。我说拉姆还是那个拉姆，拉姆从来就没有变过。说这话，沉默的那人刚好又遇见小路的弯，他站在那个弯上微微地笑了一下。那两个问话的人骂我蠢，骂我活该一辈子单身，骂我有好东西都不会拿来用，然后他们哈哈大笑起来，又接着继续吹先前该吹的牛。那个先前该吹的牛，其实已经被他们吹得差不多了，但他们还是会从吹得差不多的牛中再找些乐子笑，并继续吹下去。我一下子觉得这两个人其实并没有太多的牛要吹，他们只是把一个吹得滚瓜烂熟的牛吹得再滚瓜烂熟些。我继续走在他们身后，虽然在他们笑的时候，我会陪着他们笑，可我有种感觉，我觉得这三个人其实很孤独。我说不出为什么。

沉默的人一直在沉默。也许他的沉默并不是我看见的沉默。我想。

凹村有很多大圈小圈。大圈关马匹牛羊，小圈关猪呀鸡呀的，不过也有少数把牛羊马匹关在一起的。他们经过了几家圈舍，圈里的马看着这三个人，一阵惊慌。马是有灵性的，远远地就能闻出这几个买卖人的味道。它们在圈里转过身子，背对着这几个人，脚下的枯秆被它们急急的脚步踩得“咔嚓咔嚓”脆响。

马的主人早早趴在窗户上看这三个人。

“卖不卖。”买卖人抬头问趴在窗户上的人。

“买不买？”主人从窗户里伸出鹅脖子慢吞吞地说。

“不买问你干什么？一口价。”买卖人说。

马抬着头望着窗户里的主人，那长长的脖子颤颤地歪着。主人愣了一会儿，回头看自家的马，犹豫着。主人在犹豫的时候，我看见马一直抬着头巴巴地望着自己的主人。

“多少能给？”窗户里的主人问。

那两个一路把牛吹上天的人看着那个沉默的人，沉默的人不说话。他上下左右打量着那匹马，最后停下来站在原地。等他停下来，爱吹牛的人立马说价，哪怕那个沉默的人不说一句话，他们也能读懂他。

“五百元，怎么样？”那人说。

“不卖！”主人生气地把头缩进窗户里，再不钻出来。那匹马转过身，高昂着头看买卖人，它眼神里的得意慢慢溢出眼眶，冲着那三个买卖人仰头长鸣。

“不卖就不卖，有啥了不起。”其中一个人说。他们继续往前走。

那三个买卖人边走边看圈里的牲口。沉默的人走，那两个爱吹牛的人就跟着他走。自从刚才讨价还价后，他们只是伸着头看圈里的牲口，看完就走。

坝子里已经有几个人和十几匹马站在那里等这三个人。马站着，人坐在大石头上抽旱烟。马看见买马人，原地踩着碎步子。

一匹马把步子跺碎了，十几匹马一起把步子跺碎。一层薄薄的灰尘从地上腾起来。有人在咳嗽，有人在骂自家的马。

我找了一个石头坐下来，看那十几匹把步子跺碎的马和那几个抽旱烟的人。

“不想喂了？”我问坐在我旁边的洼希。

“关你啥事。”他瞪了我一眼。

“背着卓玛来的？”我又问。

他抓起一把土朝我挥过来。我躲闪及时，土没落在我身上。我笑出声，不再理他。洼希继续抽他的旱烟。他的烟抽得沉闷。

那三个人走进马群，一匹一匹地看，一匹一匹地摸。他们的手每摸到一匹马，那匹马就往前走几步或回头瞪他们。主人坐在石头上看那买马的人随意摸自己家的马，不说一句话，继续各自抽各自的旱烟。

沉默的人站在一匹马的前面，他看马的耳朵，掰开马的嘴巴看马的牙齿，看完牙齿，他和马对视了好一会儿，那匹马看不过人的眼睛，往后退，他走到马的后面，一巴掌往马的屁股上拍，刚才还在往后退的马一下朝前冲出几步。马走不了多远，马由绳拴着。

“多少？”沉默的人第一次说话。

"两岁半的马，劳力好。"来卖马的人坐在一节烂木头上，半边脸对着他说。

沉默的人又围着马转了一圈，俯着身子钻在马肚子下面。我看见马刚刚伸出来一节的私处急忙缩了回去。

"说价！"沉默的人说。那两个爱吹牛的人也走过来看那匹马。

"多少卖？"他们问。

"少了这个数不卖。"侧着脸的马主人把含在嘴里的烟杆拿出来，伸出两根手指。

在场的人都把头转过来看他比画的手指。我忍不住笑出了声。其他的人倒是没说什么，但我知道他们也在心里掂量这个从来没有被喊出过的数字。

"你的马是金马吗？"买马人说。沉默的人从那匹马旁边慢慢走开了。

马主人不理买马人，又从腰杆上拿出旱烟来抽。

"好好说价。懒得浪费口舌。"买马人说。

"最少这个价。"马主人皱着眉头用左手比画出一根手指一次，又把这根手指卷到一半，意思是一根手指的一半，也就是一千五百元的意思。

我看着那两个爱吹牛的买马人。爱吹牛皮的买马人看着那个沉默的人。沉默的人远远地站在黄泥巴墙边看着那匹马，看够了，把头转向其他的马。

爱吹牛的那两人又在坝子中间的十几匹马中转悠。一人背着手只用眼睛看，一人用手摸摸这匹，拍拍那匹。

马主人们也不说话，任由这两人随便看自家的马，拍自家的马。他们中有的是诚心来卖马的，有的只是把自家的马牵来凑热闹的。凑热闹的人并不是闲着没事来凑热闹，他们是想趁着这个机会看看自家的马到底值不值钱，还有的人只是来探探马价，说不定明年或后年，自己就想卖一匹马了。比如刚才叫出两千的马主人，喊出那么高的价，一听就不是诚心来卖马的。这点买马人也是聪明人，问两句少不少，如果价格下不来，他们也就不会再问了。

“我家的马，卖一匹送一匹。”洼希看见买马人走到自己的马跟前，他站起来说。

“怎么个送法？”买马人问。

“你看看这肚子。至少已经装上三个月了，算不算卖一匹送一匹？”他对买马人说。

买马人过来把手放在马肚上，静静地停了好一会儿，才说：

“你就吹吧，明明就是吃饱胀翻了的肚，哄人。”

“哄人？你诈我。我家马配的是多吉家的赛马，是我亲自牵着去配的，我一连牵过去了五次。为了这个，多吉还让我请了他一顿酒。”洼希胀着红脸说。

“五次就成功了？你爬你老婆的床五次成功没？”一旁一个马主人取笑说。坝子里一片哄笑声。

买马人跟着笑。

“老子说的是真的。不信我把多吉叫过来，你们问他。”洼希急急地说。

“人家多吉忙着收割地里的青稞，你还真能把他叫过来让他证明他家马爬了你家马五次？难道多吉和你一样每次两匹马爬一起时都站在旁边看？”那人又说。

大家又是笑。

“爬了就爬了，没爬就没爬，老子不会撒一个谎。”洼希对着那人说。

“证明给我们看。”那人说。

“证明给我们看。”爱吹的买马人附和着说。

洼希气得脸红红的，半天说不出话。

那匹马用前蹄刨着地，马似乎也在气人。

“不敢了吧？”有人说。

“你这匹马如果不是怀有种的话卖我最多七百，有种的话一千元。”买马人说。沉默的人听见说七百，把头抬起来看了看那匹马，瞪了一眼喊价的买马人。

“不值七百元，顶多六百五十元。”爱吹牛的人看了看沉默的人之后，马上变了价。

“才六百五，我的马是匹好马，听话得很。”洼希说。

“谁家不说谁家的娃好。再说我们不要马听话，我们是生意人，转手就又卖了，听不听话对我们没什么重要的。”买马人说。

“我的马能驮五百斤的青稞，一气不歇就到家。”洼希又说。

“你听不懂我说话是吗？”买马人有些不耐烦了，他们从洼希家的马身边走过，去看下一家的马。

我喊洼希坐下来。洼希好一阵子硬硬地站在那里。我使劲拉他，他才重重地坐下来。他憋着气，半天不说话。那两个爱吹牛的人在看另外的几匹马。

“真的有三个月的种了？”我问他。

“你也不信？”他失望地看着我。我看见他本来想向我发火，却慢慢把气咽了下去。

“不是我不信，是买马人不信。”我说。

“我老婆几个月了，这匹马肚里的种就几个月了。”洼希看着圆滚滚的马肚子说。

听了他的话，我愣了半天。我知道洼希家已经有两个娃了，大的七岁，小的才三岁。

“你厉害呀，下种跟结葡萄一样密。”我嬉笑着说。

洼希不说话，眼睛直勾勾地看着买马人和另外一家谈价钱。

“今天这马卖不出去，接下来的日子也没法过了。”他像是在对我说，又好像不是。

“那有啥，卖不出去就卖不出去，明年再来。”我说。

“你懂个啥。娃要上学，还有卓玛肚子里的娃过几个月也要出来了，哪处不用钱？”他说着站了起来。

“我们打个赌？”我还没反应过来，他就开口对正在给另外一家讲价的买马人大声说。

“赌个㞗。”其中一个买马人说。

“赌什么？”另外一个买马人问。

“我说我家马的肚子里有种。”洼希说。

“有个㞗赌头。”两个买马人失望地把头转回去继续看另外的马。

“如果真有种，你们刚才说一千的话算不算数？”洼希看着这三个买马人。沉默的人不说一句话。爱吹牛的买马人懒得理他。

“算不算？”洼希走到爱吹牛的人前面问，走到沉默的人前面问。

“你说有就有呀？”买马人回道。说完各自又都忙各自的事去了。沉默的人也起身去看剩下的马。

洼希愣愣地站在坝子中间，像根风吹不倒的电线杆。

太阳烤得我头痛。我站起来，往坝子边上的一棵白杨树下走。没走几步，就听见后面有人在喊：“弄你个尿，把刀还我。”

我转过身，只见洼希手里握着买马人的刀，冲向自家的马。他一刀捅向马的脖子，马惊慌起来，前前后后地跑。马跑不开，拴马桩把马系得紧紧的。洼希再一刀，再一刀，马倒在了地上，四脚朝天抽搐着，鲜血顿时染红了坝子上的黄土。

旁边的马群惊慌起来，一匹匹往后退，嘴里“呼哧呼哧”喘着急气。买马的人愣在那里，沉默地看着这场景，也惊住了。

“洼希，你干他妈的尿事。”来卖马的其中一个人说着，赶着自己的马走了。

我一阵发慌。

洼希不管旁人说什么，一刀破开了马肚子，一匹没怎么成型的小马从马肚子里冒了出来。洼希把小马从肚子里拿出来，走向买马人。

“一千元。”他说。

三个买马人互相看了看，一个说：“屎的一千元。”

“一千元。”洼希继续说。他手里握着那把血淋淋的刀。

爱吹牛的买马人看看沉默的人。沉默的人不说话。

“死都死屎了。”一个说。

“一千元。”洼希的脸红红的，眼里的怒气一股股从愤怒的眼睛里窜出来。

几个买马人又互相看了看。

“给他。”沉默的人发话。爱吹牛的买马人不情不愿地从腰包里取出一千元给了洼希。洼希接过钱把钱放进裤包，接着把血淋淋的刀还给了买马人。他转过身，抱着没有成型的小马走向那匹躺在血泊中的马，他跪在地上，小心翼翼地把没有成型的小马放进马肚里，静静地在血泊中待了好一会儿。

洼希在哭。没有声音的流泪。

“对不住了。”说完这话，他从地上起来，摇摇晃晃地冲出了院坝。

我从坝子往回家的方向走，后面陆续有马主人和马主人想卖的马走出那个坝子。他们都想急急地赶回家，特别是那些要去卖却没有卖掉的马。

要到家的最后一条小路的拐弯处，我突然想到洼希说的他老婆肚子里怀的种也和那匹马一样，差不多快三个月了。

在最后一个小路拐弯处，我学着沉默的人，站在那里，不为等什么人，只想为什么一条小路会在这个没有必要拐弯的地方拐上了一个大大的弯。

根嘎这个人

昨天，我和根嘎坐在他家圈门口说些碎话。不是我想去给他说些碎话，是他站在他家院坝里一声、两声、三声地拖着长长的哑嗓子向上喊我。前两声，我不想答应他。我总是习惯他多喊我几声，让左右邻居都知道他在喊我。这说明并不是我闲得无聊，而是他闲得无聊让我去陪他。

对于根嘎的喊，我并不担心他会因为前两声我不答应，就放弃喊我。他不是一个那么容易就会放弃某件事情的人。而且我也知道，他喊我下去给我说的碎话，不会有什么新鲜的，他要说的话和事都很旧，他是一个很难给人新鲜感的人。

除了他的死。

我从家里带了两个梨下去，大的给他，小的留给自己。我到他家门口，他在搬那个又长又宽的木凳子。其实，我觉得坐在屋里摆话，没什么不好。但根嘎非说："屋里说的话太硬，仿佛被石头房子框住了，想说的话展不开，不想说的也想不起来。"最后他说，"憋得很。"

木凳子放在圈门口。他坐左边，我坐右边。我问他："今天让我坐坐左边？"他急忙摇头，说："常常换来换去有啥意思？"根嘎很认真地说这个问题。

我肯定，他从来就没有让我换过一次位子。这让我想反驳他，又觉得这个反驳毫无意义。

木凳子黑得发亮，根嘎已经把这个木凳子坐老了。当然，坐老这个木凳子除了根嘎，还有像我这样被他招呼来和他说些碎话的人。对于一个木凳子的老，招呼去的人都是帮凶。

根嘎家的圈里养着猪和牛。猪永远是两头，一白一黑。今年的猪和去年的看似一样，其实完全不一样。根嘎说："今年的猪是去年猪的晚生，去年的猪是今年猪的长辈。"

圈里的牛数量每年都不一样，有可能会多出两头，有可能会少上一头。根嘎对多一头牛和少一头牛似乎并不那么看重。根嘎喜欢说:"多了就多了,少了就少了,这有什么拿出来说的？"

我和根嘎坐在圈门口说话。他和我的话里，经常掺杂着圈里的牛粪和猪屎味儿。他说这样就可以把有些话摆得踏实些。根嘎闲说碎话时，喜欢问上一句："是不是？"他在乎这句话，比他说出的任何一句话都在乎这句话。每当他说这句话时，我就会随口说"是"，仿佛一个"是"字就是对根嘎最好的肯定。但往往我回答"是"，再转过头看根嘎时，他的眼睛却看着他家圈里的猪和牛再重复一遍："是不是？"这让我不知道是我太自作多情，还是本来根嘎就在问他家的猪和牛。

我问根嘎："你问'是不是'的时候是在问我还是问你家圈里的猪和牛。"根嘎淡淡地说："都在问。"然后他就跟没事儿一样继续摆刚才的"龙门阵"。让我觉得在根嘎那里，什么都很寡淡，跟没味儿一样。

和根嘎说闲话，我几乎插不上嘴。不是他一直在说话，相反他的话并不是很多。只是我不知道该在他的话里插些我的什么话更合适。或许他的话与话之间绷得太紧，像一个蜘蛛网，你可以傻里傻气地冲进去，不过一旦冲进去了，就会困住自己，让自己难受。有时，他的沉默都让我的话挤不进去。

我想，我该拒绝几次根嘎的邀请，毕竟我不怎么喜欢每次坐在圈门口和他说些永远没有新鲜感的碎事情。可每次他一喊我，我就觉得心里躁得慌。即使就像我说的，我并不想那么快就答应他，但是总觉得有样东西扯着我，并且不去似乎还真不行。

当根嘎把有些话摆到沉默时，坐在他右边的我便有些不自在，甚至害羞起来。我是个非常容易害羞的人。虽然在有些事情上，我并不把害羞拿出来说，也并不容易把害羞通过红晕表现在脸上。我的害羞藏在心里。

让我害羞的东西很多。一朵云从一朵云身边走过，我会害羞。一粒黄土从田坎飘上天空，我会害羞。一朵花开得太艳，会让我害羞。一条沟渠里的水一会儿大一会儿小，会让我害羞。看见太阳和月亮同时出现在凹村的天上，我也会害羞。

我还害羞一个人的死。

这些人，昨天在墙根前还在给我说些闲话，今天就走了。昨天没有说完的半截话卡在喉咙里，想吐又吐不出来的样子，让我感到害羞。我试过几次，走到那个说死就死的人面前，我想伸手去把那句还没有说完的半截话掏出来，那半截话噎住了他的一生。走到他跟前，我却下不了手。想了很久之后，我决定还是让他把那句话留到下一辈子去说。无论那句话是好话还是坏话，是说我的还是说别人的都不重要。一些这辈子没有说完的话，留到下一辈子去说，旧话当新话，我想是一件好事。

况且，每一个到下一辈子去的人，就像到了一个陌生的地方，希望遇见一个熟人，而那个上辈子没有把话说完的人，只要知道你也和他一样活到下一世了，便会到处找你。他熟悉下一世所有的路，他会沿路打听哪一个村子多了一个像你这样的人。他向别人打听你的时候，按他的记忆给别人说，他不在乎你是不是有变化。找你是他的一种活法。

根嘎不知道我的害羞。我也没告诉过他，我害羞我们之间的沉默。

沉默时，根嘎拿出自家种的老烟，一口一口地抽。青烟从他嘴里跑出来，四散开去。那一口，我想他的老灵魂是不是也随着青烟四散开去了。

根嘎的沉默让我觉得我可以在他说的某些事情上歇一歇。哪怕没有必要歇一歇，我也得歇一歇。我喜欢在根嘎说的扎西的事情上停一会儿。我每次都喜欢在这件事情上停一下。说不清楚原因。

“扎西那龟儿子，就是不放下那个包。”根嘎讲扎西时，每次开口的第一句都一样。我说过，根嘎就是一个旧人，说的事情和话也旧。

“我对那个包简直好奇。有几次，趁扎西不注意，我掂量了一下那个黑包，啊啧啧，你不知道，那包重得要命。”根嘎说到这里会摇摇头，好像不摇头，听他讲的那人就不相信那个包的重一样。

“有一天，他说他要去个地方。让我别跟着。我满嘴答应。但我心里一直告诉我自己，不跟着你扎西，我就不是根嘎。我看见扎西进了一辆面包车，我也跟了过去。我坐了一辆蓝色的出租车。扎西去的地方是天葬台。我到了才知道。我躲在一个角落看他。我的好奇远远超过怕他发现我。扎西从黑包里取出一包包得严严实实的东西，小心翼翼地打开。我看见他把一些白色的粉末撒向天空，接着是一小撮黑色的头发，也撒向天空。黑发在风中打着旋儿，一会儿就不见了。风刮乱了扎西的头发，他像塔公草原上的一头黑牦牛，站在那里一动不动。我把自己藏得很深，突然有种怕他发现的恐惧。扎西在风中站了很久，最后对着风走的方向大声喊着：‘阿妈，你生前一直想来这里，今天我带你来了。’”

根嘎把话说到这里，就不往深处说了，又是长长的一阵静默。

我说过，我害羞我们之间的沉默。

沉默很久之后，他问“是不是？”我答应他“是”。然后他又问“是不是”，我不再回答了，我已经习惯他说第二个“是不是”，就转过头看圈里的猪和牛。

后来根嘎死了。他死的时候，我和他坐在那个木板凳上。他还是在给我说那些不轻不重的旧话。不知道说到哪里了，他问我：“是不是？”我顺着他说：“是”。接着，我在等他的下一句“是不是”，却再也没有等到。

谁能走出这样悲凉的荒野

推开这扇木门，我看见了他们。

先是一个笑着浸满眼泪花的男人，后面是一个绷着脸的三十出头的男人。

他们堵着我的路。我不知道走向谁。

他们说："你终于回来了。"说完这话，满含泪花的人走过来牵我的手，那个绷着脸的男人让出一条进屋的路给我走。

我记不清自己是怎样走向这扇门的。我只是顺着一条弯弯曲曲的路来。那条弯路就长在我想跨出去的每一个步子里。很多时候，我分不清楚路是本来就长在那里，还是因为我想跨出去的每一步而长在那里。在我有限的记忆里，我一生都没有走过这样一条路。路弯得厉害的时候，细细的，似乎就快断成几节了。不过即使要断成几节，它都没有一处或者一小处想要分岔出去的意思。我是说，在这条小路上，如果真有一小处，哪怕是一个长满荒草的分岔口，我都会毫不犹豫地从这个岔口上分岔出去。我实在不想走这条弯路了，我在这条弯路上已经走了七天七夜。

但我没有选择另辟一条路出来让自己走。我这一生已经懒散惯了，我骨子里的勇气和胆量早早被我懒散惯了的身体消磨掉了。我一路叹气和失望，我叹气和失望是给自己看的。除了这样对待自己，我什么也做不了。

在路上走，我没有想过这条弯路会带我走向什么地方。我脚下的步子也与我分离，在每一次跨出去的时候，我的脑海一片空白。当时我想，无论怎样，一条弯路既然存在于一望无际的荒原，存在于我无法控制的步子之下，总有它的道理。我就这样顺着它走，无论走到哪里，无论遇见什么，总有它的道理。

后来，我就再没有计较过我走在这条弯路上的时间。时间和我很远，我只和一条弯路亲。

除了一望无际的荒，路上什么也没有。连风和阳光都少。只有看着这条弯路的弯，我才能恢复自己的信心。我知道在这片荒原上，只有我和一条弯路活着。

就这样，我来到了这里。一条弯路把我引向了这里。路在这里就再没有路了。我站在门口犹豫，该不该敲开这扇大大的腐朽的木门。

门没有锁。我知道一扇门如果没有上锁，它意味着什么。我推开那扇门,一眼看见了他们。他们就站在那里,或许是一直,或许很多年都习惯了站在一扇木门的背后。

我向他们道歉。我说："看门没有锁，我就进来了。"满眼含泪的人边牵着我的手，边对我说："那扇门开了快二十年了，那扇没关严实的门一直是为你开着的。"

我说："我是顺着一条弯路来的，弯路上一个岔口也没有，我只能到达这里。"满眼泪花的人告诉我："一条路再怎么都会有岔口，风会给一条路开个岔口，一只野鸡会给一条路开个岔口，从远处来的一股尘土会给一条路开个岔口，就路本身厌倦了有些事情，也会像人一样有扭头走向其他地方的时候。"

我愣在那里，我在想自己是不是错过了一条本该可以走向其他地方的路。其他地方,可能有其他的东西等着我;其他地方,可能会改变我一生的命运。

"别再想其他地方的路，你无路可走。"绷着脸的男人说。

满眼含泪的男人擦掉眼中的泪，笑着看着我，说："是的，这是一条只属于你的路。"

"我用了二十年的时间让一条路不弯向其他地方，就是为了等你来的这一天。"绷着脸的男人看着我说。

他们把我带进堂屋，屋子里到处是炊烟熏过的痕迹。一座房子要经历多少日子才能把一座房子变成现在的样子。

两个男人坐在我旁边，他们在火塘里升起一堆柴火。擦掉眼泪的男人说："我是你的阿爸。"绷着脸的男人说："我是你的阿哥。"

他们说："我们是丢失在你前半生的亲人。"

我疑惑地看着这两个人。我在记忆里找着这两个人的影子。我不知道他们是谁。

你们认错人了。我想对他们说出这样的话，但我还是没有把这句话说出口。这么多年，我都是在没有亲人的日子里自己过着自己。这次来到这里，我的脑袋一片空白，我心里什么也没有想过，我只是顺着一条弯路走过来的人，一个懒得为自己开辟一条新路走过来的人。我一生都在流浪，从来就没有一个家，更不会有一个叫阿爸的人和一个绷着脸的阿哥。

两人不说话。火塘里的火把两个人的脸映得通红。

我也不想说话，我不知道自己在这个时候要说些什么。

那个叫阿爸的人在燃烧得很旺的火焰上，重新架上一根干柴火。刚才还旺旺的火苗受惊似的晃动了几下，随后又恢复到了原本旺旺的模样。

“你阿爸是不是泥巴匠？你阿爸是不是杀死过一条蛇？你阿爸是不是在要走的那天早上吃了一碗你给他端来的洋芋饭？你阿爸掉下悬崖的时候，你是不是正盯着那座悬崖发呆？你阿爸的尸体和另外一具尸体被白布盖着横躺在西坡时，你是不是不知道谁才是你的阿爸？”

那个叫阿爸的人说这些时，一股热流在我的身体里滚。他说的每件事情我都不清楚，可我突然开始害怕，我不知道自己在害怕什么。我站起来，想走出这扇门，我的脚却迈不开。我站着看坐在凳子上自称是我阿爸的人，他瘦小，突着额头，皮肤黑黑的，一身的无力感散布在这个自称为阿爸的人的身上。他叹着气，他叹气的样子使我的脑海浮现出一个人，我不愿承认他就是那个人。一个丢失在我前半生的人。

绷着脸的人让我叫他一声阿哥，他说他已经好多年没有听见一个人叫他一声阿哥了。说完这些，他脸上的表情柔软了下来。他还想告诉我些什么，我却什么也不想听。

我恼怒了。我说他们都是骗子，别想骗一个流浪了大半辈子的人。在他们之前，我见过很多骗术很高的人，他们想方设法在我身上骗取一些他们想要的东西，他们都没有得逞。没有得逞的一个重要原因是，我是一个活着跟死了都一样的人，我对什么都不在乎。谁都别想在我身上骗取任何东西。我对着他们一口气说出了这些愤怒的话，我不明白我的愤怒来自哪里，似乎这种愤怒一直深藏在我的心里，等待某个时候、遇见某个人、某件事时一起窜出来。我心里明白，等待这些话窜出来，我等了整整二十年。

说他是我阿哥的人开始哭。说他是我阿爸的人坐在火塘边沉默。

那自称是我阿哥的人说我该忘记他。他在我的前半生里，不像是我的阿哥，他做了很多对不起我的事情。他的哭声装满整个屋子，旺旺的火焰仿佛是点燃他哭声的人。

他说他之所以二十年没有离开这座老屋，就是在等我回来。等我回来时，却没想到等来了阿爸。那是上天给他最大的福报。他相信我会回来。一个到处流浪的人会找到自己的家。家是一根绳子，无论出去多久，都会被这根长绳系着。

我又想到了那条引我来这里的路。我可以在这条不知道拐了多少个弯的小路上自找一条出路走出去，我可以在一根草弯下去的地方跟着这根草弯出去，我可以在某个清晨，随着一条缠绕在荒原的晨雾，假装迷失方向跟着它走向其他的地方，我还可以假装跟着一只到处乱窜的野兔窜出去。在一条拥有无数个弯的小路上，在一片没有一个人走过的荒野上，在一个心里没有任何想法的人身上，其实什么都可以去做，什么都可以去发生，似乎什么都可以理所当然。

我在欺骗自己。我骗自己是一个没有胆量和勇气的人，我骗自己在一条已经是路的小路上别无选择，我甚至骗自己，我的人生无须再开辟一条新路来走了。我是一个欺骗自己的高手。直到现在，我都在用欺骗养活自己。

我的心里一片荒凉。我不知道我的下一步该往哪里走。

自称是我阿爸的人在一堆篝火旁叹气，他叹气的声音附着沉重，听着让我感觉心里有块石头一样的东西在生长。我丢失多年的阿哥在我身后一声声地喊出我的乳名。自从这一切发生，我便知道他们都是我这辈子的亲人。

我终于可以走出那扇木门了。我忘记我是怎样从两个说是我亲人的旁边走向那扇木门的，我颤抖着打开那扇木门，我对身后的他们只留下一句话："我这辈子都不会踏进这扇木门了。"

自称为阿爸的人的哭声像匹沧桑的狼，让我心痛。那个呼唤着我乳名的阿哥说他这一生对我都是亏欠，他会在这里等我。

我捂着耳朵朝一片荒野跑去。那一刻，无论我朝哪一个方向跨出一步，都是路。那一刻，很多条朝南、朝北、朝东、朝西的路向我扑来，我的心里却无路可走。

我知道，真正属于我的路，就在我身后，而我现在正在拼命地逃离它，不想要它。

半山上的领头羊

这群羊，各自低着头，不关心周边有没有人，只注意地上的草。远看，像一朵朵开败了的棉花球，落在那里。

这群羊不会在你特意看它们的时候走给你看，只是你偶尔抬头，才发现刚才还站在那里的一群羊，在你不太注意它们的一会儿时间里，怎么就站在了另外一个山坡上埋着头偷偷望你。

今天，我闲着，我想好好看看这群羊他们在牧人不注意的时候，肚子里到底装着什么坏水。

羊怕牧人，牧人手中的俄尔朵，在心上隔开了它们。它们在牧人面前装得老老实实，想叫的，憋在心里，想打趣的，藏着掖着。

现在，牧人不在。很多牧人名义上是在放牧，实际上他们藏在一座荒坡上，放牧自己的身体。

我觉得这群没有牧人的羊群在和我装腔作势，按我的想法，它们应该活蹦乱跳，做一些牧人在时不敢做的事情。而今天，它们老老实实地贴着一座山坡走，像是故意装给我看，或者它们发现了我？我心里嘀咕给自己听。

羊群，有领头羊之说，他们中的领头羊是哪一只，我分不清楚。我偷偷地观察着这群羊，哪一只有所不同。

两只一起，三只一伙，相互之间的距离远的超不过十米，近的肩并肩。它们胖瘦不分、老小不分，有时这只站在上面，有时那只站在上面，有时前面的慢慢落在了后面，后面的一会儿又跑到前面。地上的草，这只羊刚啃过，那只羊又去啃，仿佛地上的草一直在生长。

我怀疑这是一场阴谋，它们故意在错乱我。

在我心里，领头羊应该是壮壮的，有着皇帝般的威望，它应该有一只或几只贴心的又走得近的羊成天跟在屁股后面转。它不用亲自去寻食，它的食物应该有几只羊帮忙打理。它看其他羊的眼神，应该有种居高临下的威慑感，不容易亲近。它的旁边，应该有很多漂亮的、脖子长长的、眼睛水灵灵的母羊跟着。

找了很久，我没发现一只这样的羊，这令我失望。

这群头朝西的羊缓慢地走着，没有一只羊在这群头朝西的羊群里走向其他地方，也没有一只羊在这群头朝西的羊群里单独地走在最前面或最后面。这群羊的最前面总是有两只羊或几只羊领着，羊尾也总是有一只羊或几只羊并排走。远远看去，这群羊的队伍又成了一只大羊的模样，软绵绵地贴着草地走。我想，它们是在以一副尊卑不分的样子来考验我。我不信它们。

我把自己隐藏在一个大石头的背后，悄悄探出头看这群羊。

就在我藏好自己时，风把羊群的队伍吹得越来越细，整个队伍头大，屁股小，中间鼓得圆圆的，几只刚出生不久的小羊走在前面。

这不符合常理，这让我想到凹村书记嘎代带领着大家出工。大家都说嘎代是凹村的“领头羊”。出工的队伍成线形，按辈分走。嘎代扛着钉耙走在最前面，走得大摇大摆的，走得甩胳膊甩腿的，走累了，他想在哪里歇一会儿，整个跟在他屁股后面的队伍就在那里停一会儿。歇一会儿的时间里，他想往哪个方向看一眼，跟在他后面的队伍就往那个方向看一眼，没人敢超过他。在家静不下心的一些娃，大人把他们带在身边，小的让大人牵着。娃不懂事，总是控制不住自己的脚，想跑到队伍最前面看热闹，大人看见便急急地一把拉回来，悄悄在耳边说："嘎代是'领头羊'，要有大小之分。"在我调皮时，阿爸也给我说过这样的话，当时我把嘎代看成凹村最大的人物。

过了两年，我又长大了两岁，能帮阿爸干些打土饼子的小事儿了。打土饼是村里深冬最重要的事情，需要书记领着下地。那天的队伍依然是线形，领头的人却换成了仁称。我在队伍里东张西望地找嘎代，嘎代走在队伍的末尾，灰头土脸，以前的仗势早被丢得一干二净。阿爸见我行动缓慢，拽着我的手说："你这不懂事的娃，大小之分都没有？"我疑惑地看着阿爸，我想给阿爸指落在队伍后面的嘎代，却最终把刚抬起的手又悄悄放下了，我默默地跟着这支有大小之分的队伍往前走。

大小之分在我的脑海里牢牢扎下了根，我从小就在有大小之分的凹村长大。我很自信，我对大小之分这种事情摸得很透。可惜，今天却找不到这群羊里的领头羊。

这群羊傻傻的，什么都不关心，只关心地上的草，懒得看前面带队的是谁，似乎谁都不那么重要。

太阳落山，牧人不知从哪里窜了出来。俄尔朵高高挥在半空，“哦吼吼”的吼声响遍整个山谷。

羊群你拥我挤，昂着头往山下跑……

那只我一直想找的领头羊，我还是没有找到他。

叫不出名字的一只小虫

那天，我在出村的土路上，逗一只小虫玩儿。

我从来没见过这种小虫，背上全是白色的斑点，头上长着一对长长的触须，触须是它身体的一倍长。

我遇见它时，阳光正烤着它。它在一片白光中，埋着头。我不喜欢一只虫子的无所事事。我找来一根小棍，用小棍轻轻触碰它头上长长的触须。我触碰它一下，它就停止前进的步伐，抬头看我。它看我，我也看它。它看够了我，又埋头向前走。我又用小棍触碰它的触须，它又抬头看我，我又看它。在很多次反复中，它站在我的面前，一动不动地望着我。我感觉自己被一只小虫审问一样，全身不自在。我对它说：“你走。”我为它让开一条出凹村的土路。它不走，它执拗地看着我。我用手里的小棍子指着前方，它还是不走。我一生气，一屁股坐在了它的旁边。我对一条长相怪异的虫子失去了耐心。

我埋头偷偷看它。它把长长的触须抱在怀中，不断地用嘴舔舐着。我又闷声闷气地说：“你走。”我在驱赶一条虫子，我不想让一条长相怪异的虫子留在凹村。它突然抬头看我，然后猛低下头，一口咬断了其中一条长长的触须，埋头向一边走去，它并没有走多远，然后站在那里一动不动。一长一短的触须在风中摆动。它停下来看着我让它离开的那条土路，那根被它咬断的触须慢慢地被远处吹来的风土掩埋。

说实话，我吓坏了，我再也不敢对一条长相怪异的虫子说驱赶的话。我把手里拿着的小木棍扔向那条出村的路。扔那根木棍，我用了最大的力气，想让它离我有多远就多远，离凹村有多远就多远。

那只叫不出名字的小虫，依然站在那里。它亲眼看见，我把那根小木棍能扔多远就多远。它安静了下来。

我偷偷看它。它不再看我。它一长一短的触须还在风中摇摆。它的疼痛在风中一次次被风掀起。我想对它说道歉的话，但我想它不会理我。于是，我陪着它静静地坐在风中，看那条出凹村的土路。

土路弯弯曲曲地延伸向一条山脚的河。一旦到那条河，凹村的土路就没有了。凹村的所有东西一旦下山,都在走向一条河。

山脚出现一个人。从高处往下看，这个人好像是从河流里突然冒出来的一样。我看见他在进凹村的土路上从一个小圆点变成一个更大一点的圆点，最后慢慢长出头，长出脚，长出人的眼睛、鼻子、耳朵。我仿佛亲眼看见这人在凹村的路上慢慢生长，到凹村就变成了一个真正的人。

当这个人越来越像一个人的时候，那只叫不出名字的小虫躲进了土路旁边的杂草里。我没叫住它，看它走几步又回头看我的样子，我就知道它不会离我远去。

那个人看见我，对我露出琢磨不透的笑。他的笑声像河流遇见一块石头发出的声音。

我坐在路中间，不让他。我不想放这样一个人进凹村。

“别挡路。”他说。

我什么话也不想给他说，就是不让他。

“你让不让？”他说。

我插着腰，瞪他的眼神丝毫没有退缩。

他一把抓住我的衣领，把我扔在路的一旁，大摇大摆沿着这条土路向凹村走去。

我在他身后骂他，把我能够骂的脏话都骂完了。我低下头，看见那只叫不出名字的小虫在看我。看了一会儿，它慢悠悠地走在了刚才我们待着的地方。它一长一短的触须向着河的方向上下摆动。

我也坐回原来的位子。我和那只叫不出名字的小虫并排着。我们都在看凹村的土路是怎么被一条河吃掉的。

我不知道那个到凹村的人去干什么，我不敢问他，更不敢像眼前这条虫子一样那么用力地去反抗一个自己不喜欢的人。我没有一条虫子的勇敢。

我问那条虫子："凹村的路被河吃到哪里去了？"

虫子不回答我。

我又问那条虫子："河里到底装了凹村的多少东西？"

虫子不回答我。

它一直待在我的身边，用那一长一短的触须对着我。

我想只要是凹村丢掉的东西，都被脚下的河吃掉了。

凹村丢掉的东西很多。有两个外来的媳妇在夜里丢掉了，有几只放出去的羊丢掉了，有一阵旋风从凹村往下刮时丢掉了，还有几个人的声音，前三十年有，后三十年没有了。还有一些人的眼神，看着看着就看不清楚了。我问阿妈，她说："丢掉了。"

我突然害怕自己哪一天会丢掉，我成天担心着这件事情。

有一次，我在青稞地里捉蚂蚱，从路上过来一个人，他远远地看着我叫出了另一个人的名字。我不答应他，我不是他嘴里叫出的人。他一直对着我喊。我捂着自己的耳朵。那人也是个倔人，他从路上走到青稞地里，非要我应答不可。

"你为什么不答应我？"他走近了问我。

"我不叫那个名字。"我继续抓我的蚂蚱。

他上下打量我，说："我和你那么熟，不可能叫错一个人的名字。"

我丢掉手里的蚂蚱，直直地站在他的面前。我眼睛不眨，嘴巴闭着，我想让他看清楚我，我要向他证明他确实认错了人。

他紧锁眉头，围着我转了一圈，说："没错呀？"他又一次在我面前说出了他远远喊出的那个人的名字。

当那个名字近距离在我面前被他喊出时，我的心里有种自己也说不清的东西在膨胀。我匆匆地从他面前消失，周边的青稞芒刺着我的皮肤，我甚至知道我的皮肤某处在流着血，但那一刻我感觉不到疼痛。刚才那一幕反复出现在我的脑海里，我还记得那人困惑的眼神。只因为他的困惑，我才更害怕。有一瞬间，我似乎不知道自己是谁，我害怕自己就是那个人口中叫出名字的人。那是真正的我吗？我是不是在某个不起眼的时候，已经丢掉了。

我越想越害怕，我在跑的过程中，山脚下河水哗哗流淌的声音响在耳畔。我想，我丢掉的东西，会不会顺着这条土路去了下面的那条河。

太阳落山，我的背后响起几只羊的“咩咩”声。我转过头看，凹村的羊不会走上这条土路。这个时候，它们要不在山上，要不在树林里，要不在荒废的青稞地里。

我看见了进凹村的那个人，他赶着几只羊，冲我呵呵地笑。

那只叫不出名字的小虫看见那人走来，又退在了路边。

“别挡路。”他又对我说。和他来时对我说的一样。

我瞪着他。和他来时一样对他。几只羊“咩咩”地叫。

“你让不让？”他说。

几只羊在我与他之间瑟瑟发抖。其中一只羊盯着我看，它的眼睛里全是泪水。

“不让。”我插着腰说。我看见那只叫不出名字的小虫向我点头。

那个人用鞭子使劲儿抽打着几只羊。几只羊向我冲来。

那只眼睛里含着泪水的羊走在最后，它又多挨了几鞭子。它路过我身边的时候，仰着头看我。

那个人得意地从我面前走过。他在向一条河走。我看见他慢慢消失在山腰、山脚，先是看不见他的手，之后是看不见了他的头，最后是什么也看不见了。

那只叫不出名字的小虫，静静地和我待了很久之后，埋着头也往山脚走了。它走得很慢很慢，我没去拦它。一只虫子有一只虫子的路要走，一个人有一个人的路要走。

它一长一短的触须在我眼里渐渐消失，一种疼痛也会随着它的离开渐渐消失。

我要给名声写封信

很早就想写封信。信不会太长，我不想让看见我信的人，觉得我是一个啰唆的人。

我一生简单，如果在一封信上毁了自己，我想那是一件损人不利己的事。我很看重名声，我想和名声交个朋友。

但名声是谁呢？我不知道。

我想过名声的样子，高矮胖瘦都在我脑子里过了一遍。她（他）说话的声音粗中带细，细中带柔，柔中又带沙哑。她（他）经常站在山坡上看凹村，凹村的一切都逃不过她（他）的眼。名声不会老，她（他）的记性很好，只要记住了，就永远不会忘记。

凹村人不怕老虎进村，不怕大雪吃掉庄稼，甚至不怕死。可他们最怕的是名声坏了。一个坏名声的人就是一个罪人。

“名声是不会死的，她（他）这辈子拖着你，下辈子拖着你，下下辈子还可以拖着你。只要坏名声黏上你，你的子子孙孙都会受到坏名声的影响。名声是件天大的事情，比你活着更重要。”朵噶老人坐在一根烂木头上，把话说得很重。他嘴里的口水沫从掉了两颗牙的缝子里跑了出来。

“你看，然乌家的乌嘎想去牧场给凹村放马，村委会怎么都不同意，那是因为乌嘎的父亲染上了偷东西的坏名声，别人不放心乌嘎。为啥拉拉家的水磨房都快空烂了，也没人到她家去磨面，是因为有一次拉拉趁别人不注意，偷了一碗面。为啥岗拉那年修藏房偷了木匠家一根老木条，凹村以后的老木条丢了，都怀疑岗拉呢？”朵噶摇摇头，不想说下去了。

我听说过一些关于名声的事情。

凹村书记召集大家到社里开会。凹村人喜欢开会，虽然他们不太懂书记在上面说些什么。不过村主任早就招呼过：“书记说话，大家别跟木头一样坐在那里，要响应。该点头就点头，该回答‘哦’就回答‘哦’，实在不懂，就看我怎么做。”那次开会很严肃，会场很安静，具体怎么个严肃法，凹村人回忆说：“那天村主任很安静。村主任安静，下面的凹村人也很安静。他们早就学会了村主任坐在最前面，他点头，下面的人才点头，他回答‘哦’，下面的人才跟着回答‘哦’。而那天蚊子飞过的声音都能听见。正因为太安静，卓玛放的屁才显得特别响亮。卓玛的屁是绕着弯、细声细气地从裤裆里传出来的。”后来又有人说：“卓玛那天放的屁，和她唱的山歌差不多，很好听。书记停下正在讲的话，问下面的人，‘谁在哼歌？’卓玛把头低得快埋进了土里。没人回答。村主任站起来气愤地问，‘回答书记的话？’卓玛起身冲出开会的人群，回家吊死了。”凹村人说，“一个屁毁掉了卓玛的名声。如果卓玛不死，她也活不好。还是死了干净。”

村东头尼玛家祖上也有一个死在名声上的人。大家一提到那人，尼玛就跟谁红脸：“那人不是我们家的人，她不配做我们家的人。”尼玛家祖上的那人叫英朱，英朱死在一片玉米林里。英朱长得漂亮，人人都想娶她。到该嫁人的年龄，英朱却挑选了凹村最老实的人做老公。很多人想不通英朱的做法，但人人都羡慕老实巴交的英朱老公有福气。英朱的老公一辈子一副懦弱的样子，经常受人欺负。有人看重了她老公的懦弱，对英朱打起了歪主意。那天英朱去玉米地看昨晚被大风吹倒了的玉米，多吉一直跟在身后。到了玉米地，多吉直接抱着英朱，要了她。这件事情，被在地里割猪草的凹村人发现，讲了出来。多吉的老婆来找英朱算账，英朱说出经过，多吉老婆不听，臭骂一顿不说，把英朱家弄得一团糟。走时，她还告诉英朱，为了洗刷掉霉运，她会让她老公在她家玉米地里放鞭炮。夜晚，多吉果真拿着一串鞭炮到英朱家玉米地里放了起来。鞭炮声响在凹村里，所有的人都走出门看那片玉米林。英朱老公气得卧床不起，只从被窝里给英朱说："是你害了我们家，我们家的名声全被你坏掉了。你还不死，难道你有脸活在这里吗？"那晚，听鞭炮响的凹村人，看见英朱从他们身边跑过，直接跳进山脚的大渡河。

说了这么多有关名声的事情，那么名声到底在哪里呢？我想见见名声，和名声摆摆龙门阵。

我走了凹村的很多地方，包括我最怕的那个小神子洞，也没有看到名声。

我想，人人都怕小神子洞，名声应该就躲在这里。这里不会有人打搅她（他）。

我在洞里待了一晚，没见着名声，没见着小神子。这让我伤心。

我又想，既然名声无处不在，又能把凹村所有的东西看在眼里。那么她（他）一定待在高处，俯看着凹村的一切。

我爬到凹村最高的山顶，坐在风中、雨中、阳光中等名声，我还是没有见到名声。

于是，我想到了写信。我的信可以不长，也没必要长。我说不出太长的话。那写些什么呢？我想想，要不就画一只乌鸦站在枯树上俯瞰凹村。

我不知道为什么想画乌鸦给名声，可能我觉得凹村人怕乌鸦，乌鸦和凹村永远保持着一段距离。这不是很像名声吗？

想好之后，我开始画画。

我画画的速度很快，一会儿就画好了几幅。我想几幅还不够，我决定每天画几幅站在树桩上的乌鸦寄给名声。我想名声会看懂我心里想说的话。

名声会因为我给她（他）画的乌鸦而感激我吗？

毕竟只有我真正搭理了名声。

像一只鹿遇见另一只鹿一样悲伤

他把我带进他的家，就一直在忙他的事情。

他告诉我猪该怎么喂，粮食在哪里；做饭在哪里做，柴火在哪里。他说：“想吃肉的话，头顶房梁上全是肉，想吃哪块就拿那块。”他又说：“房子下面有两块菜地，玉米没有成熟，小白菜和大蒜倒是可以随便采挖。”他还说：“今晚有雨，堂屋可能会漏雨，漏就等它漏，都几十年了，你别管它，不过你也管不了它。”他呵呵地笑，露出两排不整齐的黄牙。

“你自己好好熟悉一下我刚才告诉你的这些事情。”他对我说。

我听他的话。只要他告诉我的，我都去看了一遍。仓里的粮食满满的，口袋里的面粉满满的。柴火在院墙上垒得很高，有的腐朽了，有的我摸一下就断了一节。房梁上的肉密密麻麻地挂着，肉太肥一滴一滴地往地上掉着油。两块菜地里长着绿油油的玉米和白菜，大蒜在慢慢枯萎。

我告诉他：“你说的我都看了一遍。”他嘴里连连答应那就好。他从厨房里拿出一个瓷盆，弯腰从水缸里舀水。他太用力，水从瓷盆里溅出来打湿了他的胶鞋。他的胶鞋上满是泥。

“我等你一些时候了，拐角路上看了好多次，你总是不来，我就到地里割了一背猪草回来。”他说着，把瓷盆放在地上，坐在门口的木头上，脱掉鞋子和袜子，把双脚伸进水里。水没过一会儿，就浑浊了。

我坐在他旁边。不远处是山，我听见野鸡在树林里咕咕地叫。

“山里有老熊和野鹿，以前还有野马。”他边洗脚边说。

我望着那片密密麻麻的山林。有些树无风也在动。我相信他说的话。

“让你喝点好东西。”他把湿漉漉的双脚从瓷盆里抬起来，直接踏着地走进屋。他的身后一串水做的脚印跟着他走进了屋。

他手里拎着一个矿泉水的瓶走了出来。瓶里装着黑红黑红的液体，液体上飘着颗粒状的小残渣。

“喝一口。”他把瓶子递给我，又把双脚放进瓷盆里。他进去的脚印和出来的脚印重合在他回来的路上，脚印不像脚印了。

我没接他递给我的塑料瓶。我冲着他一边笑一边摆手。我对这种黑红黑红的液体心生恐惧。

“知道是什么吗？”他摇晃着塑料瓶，里面黑红黑红的东西瞬间混杂起来，我看见更多黑色的残渣漂浮起来。

“鹿血。喝了治痨病。”说着他举着瓶喝了一大口。我看见他杏仁似的喉结骨碌一下把那黑红黑红的液体咽了下去，残余的鹿血沾在嘴边。他用手背擦掉，很享受。

“喝不喝？”他再次递给我。我还是连连摆手。

“这头野鹿是我去年猎的。我足足灌了三瓶鹿血，当时血在我的瓶子里还有温度。这可是好东西。”他把瓶放在我眼前，瓶里的残渣在血中慢慢漂浮。他还是希望我喝。

我拿过瓶，把瓶子对着阳光看。阳光穿不透瓶中的鹿血。血在阳光中的颜色更加深了。

“我在血中加了酒，这样更容易保存。”他说。

对面的山上树还在摇晃。没有风。

“我就是在对面的山上猎到这头鹿的。那天只有它一只。鹿一般都是一群或几只，不知道那天为啥只有一只。我发现它时，它在吃草。我一枪就猎了它。那天我的枪法很准。”他很是得意地说。

我把手中的瓶子对着那片森林。它在慢慢变化。一片绿绿的森林若隐若现地透过鹿血折射进我的眼里。我透过鹿血看见整片森林都在晃动。我拿开，对面的森林安安静静地立在那里。

“不是你，我还舍不得把这稀罕东西拿出来嘞。”他看着我。

我慢慢把瓶子举起来，眼睛看着对面的森林，一口喝了下去。

鹿血在我口里没有停留。我隐约感觉到那些小小的残渣滑过我的舌头和喉咙，进入到我的肠胃里。腥味在我嘴里停留了好一会儿。

他在旁边憨憨地笑。

“不错吧？”他问我。

我不知道怎样回答他。

他还在笑。

阳光晃着我的眼，一切都显得并不那么真实。

“看你这样子，好像变成了一只鹿。”他笑着，黄黄的牙齿在阳光下变得白了一些。

我冲他笑了笑。看着对面的森林。我心中有只鹿在奔跑。

“别去那片树林。那里面什么都可能有。”他把脚下的水弄得“啪啪啪”响。

他洗完脚，水往门口泼。他泼水的动作很好看，弓着背，像从手里送什么东西离开。水出去了，他把瓷盆“哐当”一声扔在地上，瓷盆上的白瓷跳了出来，盆的边沿留着黑黑的小点儿。他不管不顾，伸手问我要手中的瓶。

我突然舍不得给他。我说我再喝一口。

他有些生气。不过也没反对我。

我看了看瓶中的鹿血。它在我手中从来就没有平静过，血混着酒在瓶里游动。

“喝多了会起反作用。”他盯着我手中的瓶说。

我握着瓶，从瓶里看那片森林。森林又动起来了。天是红的，云是红的。我在瓶中看他，他正在鹿血中俯视着我。他像一只受伤的老鹿。

我把头仰起来，又喝了一大口。这次，我没有快速地吞下去。我把鹿血含在口里，轻轻感觉它。它在我口里来回地动着。我想我感受到了一只鹿的存在。那粗粝的小残渣像鹿的皮毛，从我舌尖慢慢地划过。

他从我手中夺过瓶。

“你还真是心大。”他说着，拿着瓶进屋去了。

我一直舍不得咽下它，直到酒的辛辣刺痛我的舌头。我听见“咕咚”一声，鹿血从我的喉咙里滑下去。那声音像是一只鹿快乐地奔跑发出的声音。

鹿血下去，我的胃暖暖的。

森林恢复了平静。或许它就一直平静着。两只野鸡“咕咕”地在林中叫。那声音粗哑、短促。

我想，如果我走进那片森林会不会遇见一只野鹿。我不会猎了它，我只想看看它。我喜欢鹿的眼睛，那大大的眼睛总让我想到我一个离世的朋友。

他在屋里没了声音。我到他家，他就不停地说话。我插不上他的话。这会儿，他却安静了下来。

我站起来，往外走。猪在圈里“哼哼”地叫，那是五头黑猪发出的声音。其中一头望着我，耳朵耷拉到嘴角。其他的猪把它挤到了一边，它看着我。我想前世我们可能认识。

“别理那头猪，它见谁都那样。”他从屋里走了出来。身上背着牛仔包。他说他要出去一趟，让我照看他的家。

我没答应他。他把我引进他家的时候，没给我提让我帮他看家的事。

“帮帮忙。我必须出去一趟。”他说。他的眼睛像鹿一样怜人。

我说：“我也要回家，阿妈在家里等着我。”

“昨晚一只鹿闯进了村子。它在我家门口待了一夜才离开。你看。”他指着门边上的一堆粪便说。

“那就是它昨晚留下的。它还会来。”他说。

我看着那堆粪便，再看看门口鹿留下的痕迹，答应了他。

“别去那片森林，在这里等着它来。”他说着就走了。我看着他的身影在山路上越来越小，越来越小。

屋子空了下来。我在他离开的屋里等一只鹿来。

他走后，我登上楼顶。梯子是木头做的，我走一步，它空响一次。楼顶有间小屋，屋里光线暗，我摸索着打开灯。

一张金黄的鹿皮挂在墙上。鹿皮被撑得直直的，像鹿在舒展着自己的身子。

夜慢慢暗下去。今晚没有他说的雨。对面的树林沉睡着。

我打开堂屋里的灯，不经意间看见一只鹿的影子出现在窗户里。它朝楼顶的方向仰着头，轻轻地，不露出一点儿声响地看着上面。

我在屋里轻轻地，不露出一点儿声响地看着一只鹿的影子。

我们像一只鹿遇见另一只鹿一样悲伤。

一个出走又回来的人

凹村人说贫富时，总觉得别人都比自己富，他们可以把别人的富说得清清楚楚，有条有理，仿佛自己掌管着别人的家产。

但说到自己，凹村人就不情不愿，不习惯把自己的富说出来，时间一久，让人感觉凹村就是一个穷得叮当响的村子。人快活不下去，花花草草、牛羊猪马就快因为这些活不下去的人，死掉了。

一个好似很穷的村子，一天夜里迎来了一个更穷的人——达瓦。达瓦在我十岁时离开凹村，达瓦走了好些天，人们才发现达瓦不在凹村了。他家二楼的破玻璃窗被好多个夜里的山风吹得“哐啷哐啷”响。他家那头老掉牙的老牦牛好多天站在圈里，对着天上的月亮一声声地叫。他家晾晒在枯树上的一双破胶鞋被几场雨淋得湿漉漉的。凹村人才发现达瓦好些天不在家了。达瓦的离开，没告诉过凹村的人，他把凹村的人都当成外人，不放在心上。

一个人说走就走了，凹村人议论了一段时间。他们说达瓦的心是铁做的，他们说达瓦就是一个没长醒的青屁股娃，他们说，像达瓦这样的闷人走到其他地方也不会好到哪里去，他们说达瓦以为外面的什么都好，但总有一天会毁了自己。说这些闲话的人，说得嘴顺溜溜的，心却酸溜溜的，但没人承认自己心里的酸溜溜。

很多人也想过有一天达瓦在外面混不下去了会回来。他们说："如果达瓦回来，我不会去理他，这样铁石心肠的人没必要去理会他。"说这些气话的人，把这话说在阳光下，阳光一暖，有些气就消了。也有人设想过达瓦回来时的场面，垂头丧气的，像个打蔫了的死树。人们哈哈哈地笑达瓦的这种样子，笑过之后，就不笑了，仿佛这样的笑都是一种浪费，他们很快就把话题转到了其他的上面。

无论怎样，人们想过有关达瓦的很多事情，却没有一个人想过达瓦真正能够回来。时间一年一年地消减，达瓦渐渐从人们的记忆里褪去。达瓦已经不是凹村的达瓦，达瓦或许从来不是凹村的达瓦。

正当人们快要忘记达瓦这个人的时候，达瓦回来了。达瓦跟他出走时一样，静悄悄地回来了，没跟凹村任何人打招呼，他依然不把凹村人当一回事。他比出走前瘦了一圈，全身上下散发着一股异味。他径直走向他的家，什么话都不说。

达瓦的房子在他走后依然立在那里，今天掉一片瓦，明天长几棵草，没有人去给一个不声不响离开凹村的人打理一座空下来的房子，房子只有在一座房子该老的时候，加速地老。

达瓦站在门口，一只手在裤兜里掏钥匙，这边掏了那边掏，仿佛早上下地干活，现在才回来。

很多人都看见达瓦站在自家的门前开门，谁都稀奇，却没有一个人走出来，问问达瓦这些年去了哪儿，和谁在一起，生活过得怎样。

他们看见达瓦从裤兜里找出一把生锈的钥匙。人们会想，一把钥匙生锈成这样，一定经历了很多风雨。达瓦没舍得把一把生锈的钥匙丢在外面，他一定想着有一天还会回来，外面世界再大，能真正随时随地接纳自己的地方，只有自己的家。

很多年不用的钥匙，能不能打开这把同样锈迹斑斑的铁锁？坐在不远处的人想。他们在等待有些事情发生。

“哐当”一声，锁掉在了地上。达瓦看看掉在地上的锁，再看看打开的门，懒得弯腰捡锁，直接推门进去了。“嘎吱”地开门声响了一声，随后再响了一声，达瓦的背影随即消失在一扇木门后。

一座废弃很多年后的老房子里面还会有什么？

老鼠是不愿意去了，去了连自己小小的肚子都没有办法填饱，还谈什么养家糊口；蚊子、苍蝇也不能尽待在黑暗处，黑暗的地方待久了，心也就暗了；唯有几只麻雀把窝建在屋檐边，在那里生儿育女，繁衍后代。

达瓦回去，只有和帮他看家的鸟生活在一起。不过鸟为了生活，每天早出晚归。达瓦进去后，却很少出来。

达瓦的生活是怎样一分钟一分钟过完的，没人知道，谁也没有去敲过一次他家的门。

每天太阳一出来，闲人们坐在离达瓦家不远的阳光下，闲话贫富。他们依然不说自己有什么，仿佛说出来有什么，什么就会被别人偷走。他们的话，被阳光晒得暖暖的。

达瓦好久没有出门，他一直把凹村人当成是外人。

几只麻雀天天从闲话的人头上飞过，看见的人总爱说：“看，达瓦家屋檐下的鸟又去找吃的了。”

凹村人熟悉鸟，胜过熟悉一个从远处回来的达瓦。

死的颜色

这些年，凹村死了很多人。

死，在凹村特别轻，就像一大群蛐蛐在晚上叫，偶尔少上那么一两只，似乎也引不起大家太多的关心。

记忆里，第一个死的人是泽多，瘦精精的，三十年前人们就谣传他要死，他却赌气似的活到八十岁，实在活不下去了，才死在今年的冬天。第二个死的人是砍木料厉害的羊子，他一生砍倒过多少棵树他已记不清，只是说凹村大部分房子都是用他砍的木料做的房梁。后来，羊子死了，死在一次拉木头中，一根木头直接穿透了他的心脏。第三个死的人是巴姆，她爱人出去打工就没有再回来。十几年来，她和公公住在一起，住着住着，就住到了同一张床上，后有了身孕，又不敢张扬，吊死在堂屋中间。公公哭得死去活来，说他的媳妇是个乖巧的好媳妇，儿子是个畜生，媳妇等儿子回来都等死了。

死这东西，跟命连着。一旦命没有了，什么都空了。

凹村一直在死人，死得很多的时候，他们仿佛藏在凹村的某个地方，活了下来。我经常无意脱口说出一个死人的名字，问别人这几年他在干什么，怎么老见不着他。回答我话的，首先是别人的眼睛，鼓得圆圆地瞪着我，然后才是别人的嘴巴：“你是土里钻出来的还是雪里飘下来的？是不是那人死的时候，你也死了？”

我摸着后脑勺，苦思半天，那人已经死过了？我怎么记不得？难道他死在我的梦里。

昨夜，我做了一场梦，没边角，到处长着草。

凹村的人，走着走着就找不到了。风把他们的脚印刮到远处，草把他们的气味藏在根底。根是个贪吃的家伙，什么都不放过。它们把找不到的人味吃进茎、叶、枝里，通过枝开出蓝色、绿色、红色的花，风一来，花瓣吹得满凹村都是。凹村人喜欢春天花开满地，花香能醉倒一个个谈情说爱的年轻人。

但是他们察觉不到花香中，有一层隐隐的东西隔着他们。这层东西很薄，一旦破了，人也就碎了。

我从来不觉得花是香的，我甚至怀疑凹村的花里有股浓浓的汗臭、脚臭、口臭的味儿。

老年人说："一个爱死人的村子，是年轻的。死的人，骨头是老的，心里长满虫，血液是黑的，黑过凹村的夜。这些人早该死了。"

"我们是不是早该死的人？"我问。

"我们骨头硬，虫子还在想办法攻进我们的心。我们的血液是深红的，像凹村天边的晚霞，落不下去。我们这样的人，一时半会儿死不了。我们的死会推迟一段时间，或者几年，谁也说不准。等我们活不下去死了，凹村就会因为我们的死，年轻一点。"老年人说。

白天，夜里，我开始想死的颜色。

红、黄、绿、蓝、紫，都在我头脑里过了一遍，我觉得这些都不像死的颜色。我想，死的颜色应该是一种混合色，我用尽所有能染色的树叶、黑炭、花朵在一张纸上调，还是调不好。调不好的颜色，我的嘴更说不出来。

我想试着去死一次，就知道死的颜色了。

死，看不见凹村的太阳，我闭上眼睛；死，听不见凹村人的声音，我找来小石子，堵上耳洞；死不能动，我躺成地上的一根木头；死，心是死的，我屏住呼吸。

我在慢慢死去。

在体验死的过程中，我脑子里竟然冒出凹村铁核桃果的样子来。扁扁的，尖尖的，硬壳上到处长满深浅不一的小凹孔。铁核桃果没有分离的时候，用石头砸不开，用整个人的蛮力踩不碎。但只要用上山砍柴的铁大刀，一砍，仁和壳完全散开，碎成渣。

我体验自己死的时候，我就像完全剥离开的铁核桃果，失去了壳的保护，赤裸裸地把自己放置在空气里，无能为力。

害怕，惊慌，奇怪，还有些许苦苦的羞涩。我害怕有人看见我死的过程，因为我生命的全部，都不会在死亡面前遮遮掩掩。

我这辈子积攒下来的很多秘密，都会在我死的过程中，一点点表现在我的脸上、痉挛的肉体上。它们随着我的呼吸，被一点点呼出体外，再收不回去。

死的时候，不会藏住太多秘密。藏不住太多秘密，人就轻巧了，就跟刚生下来的娃一样。

在长久地拖着笨重的身体生活在凹村的自己，心里一下卸了很多东西，有种失重感。这种失重感，让自己感觉不到自身的存在。我渐渐在凹村的空气里消失，看见一凹村的人和牲畜都在做着他们一直做着的事情，不关心我的存在。我突然不知道正在死的是他们，还是我。

恐惧从四面八方向我压来，黑暗暗一片。

心慌，我想抓住一根藤，往上爬，藤是我的命；有很多条通道，每一条通道都不好走，割得我脚痛；天，有雷声，撕开的闪电冒着火花；墙是冷的，摸墙的时候，我摸到一双双从远处伸出来的手。

我急忙从紧闭的呼吸中走出来，心惊胆战。阳光到处都是，扬起的尘土到处都是，凹村牲畜的叫声到处都是。我从死中走出来，依然说不出死的颜色。我想，死是没有颜色的。

我不会再尝试死。

夜里，一阵急促的敲门声，把我吵醒。来人是嘎多。

"阿布快死了，你去看看。"说完，他又跑到另外的门口，把阿布快死的消息传遍凹村。

嘎多在夜里传信儿，他的话很沉，脸上染着月光的颜色。

要死的人，再看也得死。死是别人的事，我帮不了什么大忙。边想，边起床穿衣，去看看阿布的死。

阿布是凹村活得最长最长的人，凹村人都认为阿布不会死了。一个不会死的人今天要死了，这是一件大事。

阿布躺在床上，四周围着他的子子孙孙。阿布死不下去，周围的人心紧。媳妇哭，儿子哭，孙子哭，阿布还是不死。眼睛瞪着黢黑的天花板不放，手握成拳头，似乎要给哭死他的人狠狠一拳；阿布的脚抽筋，直直的，弯不下去；腰很有力，拱成一座桥；阿布的嘴角颤动，有很多要紧的话，吐不出来；阿布凹下去的腮帮子鼓起来，心中的气装满了他的嘴。

阿布在很用力地死。

我挤进人群，站在离阿布最近的地方，悄悄对阿布说："阿布，你别慌着走，你告诉我死是什么颜色？"

阿布突然颤抖起来，瞪着天花板的眼睛没过一会儿就闭上了。

站在我旁边的小扎西事后对我说："是你害死了阿布。"这点我不承认，我觉得是阿布害怕死的颜色，自己死了。

活得最长的人，在临死时也没有告诉我死的颜色，我想这辈子，我都不会知道死的颜色是什么样的。

凹村没有死过的人，他们只是和我们玩着捉迷藏的游戏，他们藏在风里、雨里、我们的说话声里，我这样想。凹村的人越来越多，藏着的人和没有藏着的人都待在同一个村子，吵得翻了天。

日子就慢慢磨过了

一个地方待一辈子，就得有活命的东西养活着。

养活凹村人的是那一排排往下延伸着的土地。

远看，这些细细的地，像线一样延伸到山脚。再往下，就是大渡河。

往年，有河的地方还有地。后来，河越长越大，吞了靠岸的地。有几年,人都怕一条河,靠河的地荒了下来。又过了几年，凹村人口莫名地多了起来，多一张嘴，就多一个要填饱肚子的人。多一张嘴，人对地的需求就多起来。那几年，多了人口的家慌起来，他们到处去找一块能种粮食的地填补空缺，可脚走痛、汗流尽，能种粮食的地还是没有找到。那几年，人在焦急中又想到了靠河的地。有好几个人扛着锄头到河边，他们想重新开垦那几块靠河的荒地。那几个人到河边，却迟迟没敢动手。他们东一个西一个地坐在靠河岸的大石头上，闷闷地抽着旱烟，锄头被他们扔在远远的荒草中，迟迟不肯动手。

“我说过，没那么容易就想开垦那些荒地。”几个凹村的媳妇坐在大石堡上，远远地往下看那几个迟迟不肯动手的人嚼着舌根。

很多年前，那条河冲走了泽郎。很多年以后，还有人提起泽郎。有人看见泽郎被大渡河冲走的那天，穿着一件青布长衣，举着一把长长的锄头在靠岸的地里播种下一季的粮食。那天，泽郎背对着一条河干劲十足，他一手挖坑，一手播种来年的种子。那天，河突然涨水，凹村人亲眼看见一条河在泽郎的背后变大变粗。人在山上喊泽郎，人的声音被这条变大变粗的河吃掉了。河一心朝一个人拼命地赶，河在一个使足力气干活的人的背后变得悄无声息。河终于赶上了那个使足力气干活的人，一口吃掉了他。人们看见河在吃掉这个干活的人的时候，这个人正把一把金黄的麦种撒向那块地，有的麦种还没有落进地，就被河卷走了。泽郎是把凹村的粮食种到河里的人。

从此，泽郎被河养着。凹村人说：“泽郎现在活得轻巧了，不担心生计。”

谁都希望有谁来养活自己。可是像泽郎那样，勇敢地去让一条河养着的勇气，却没有几个。

泽郎曾经夸口过，说他这辈子不愁吃喝。谁都不相信，在凹村还有不愁吃喝的人。

凹村，每个人都有自己的事情要做，每个人都腾不出一只手做不关乎自己的事。凹村人的手脚，生下来就是为繁杂的事情忙着。

你对一棵树再好，树会趁你不注意偷奸耍滑地少结几个果子；你对一座房子再爱惜，你离开人世时，它不会流一滴眼泪；你精心修整了好几天的锄把，会在你用力过猛时，“咔嚓”裂开；你的心善，换不回一只蚊子对你的真心。在凹村人的心里，什么都是靠不住的，他们唯一相信的是自己的一双手脚。

手脚干过的事情，就摆在那里。手脚做过的事情，眼睛看得见。如果说土地是养活凹村的人，那么手脚就是养活土地的。

凹村有过缺手缺脚的人，活不到几年，就早早死了。他们的死，像给凹村清扫了一些不干净的东西。

后来有好些人梦见过泽郎，泽郎来到他们的梦里，告诉这些人他在河里的生活。泽郎说：“活在河里比活在世上轻巧，他在河里有一座新房子，有两亩不需要怎么打理的土地，他在那片土地上播种一季又一季的麦子，那麦浪声一浪高过一浪，就像一条河流流向远方的声音。”

泽郎的生活被梦见他的人传得到处都是，但过了这么些年，人还是怕被一条河吃掉自己。

那几个扛着锄头去准备开荒的人，又扛着锄头垂头丧气地回来了。在面对一条河时，他们还是有太多的顾虑和担忧。在这些顾虑和担忧中，他们想，总有一个地方，可以多出一块土地让那些多出的人填饱肚子，实在不行，平日多省省，日子就慢慢磨过了。

第二辑

找不到的东西

你说，阳光多像兔子

你坐在我的对面，面带微笑，一直给我讲很久远的事情。

从一开始，我就看出来，你是一个坐在这里不想离开的人。于是，我也安心陪着你，安心听你讲久远的故事。

你说你以前来过这里。那是很久以前的事情了，连你自己也说不清那时到底是什么季节。

那年你来的时候，村口上有棵很高很大的白皮子树。树没有叶子，直冲冲长在那里，仿佛整个村庄的天都由它撑着。你用手摸那棵树的皮，外翻的老树皮一层层地裹着里面白花花的树干，树皮硌得你的手心痛。你说那棵树看上去像死了，其实树心活得可自在了。那棵树活着就是用死来骗人的。

你真想顺着树往上爬，上面一定深藏着一个天大的秘密。后来你打消了自己的想法，你说经过了那么多村庄，走了那么多路，很多秘密已经不再是秘密，何况别人的秘密永远是别人的秘密。你永远是一个路过别人秘密的人。你走的时候，没忘记对那棵树说："你就继续骗人吧，你将快乐地欺骗你的一生。"

你说你来这个村庄，有个年轻人走过来问你需不需要到家里喝一盅浓茶再走。你走了好多地方了，从来没有这么热情的人招呼你到家里喝茶。很多时候，你像一头口渴的牛，遇见水坑和河流就把头埋进去，喝足了才上路。你告诉那个年轻人："我肚子里正'哐当哐当'地响，肚子在唱歌嘞。"那个人走了，你看出了他的失望，其实你对你自己也很失望。

你说："那时的村庄只有十来户人家。寥寥的几个人在里面走来走去，他们似乎什么也没有干，似乎又忙着在干什么。中午的时候，我又看见了那个年轻人，他看了我一眼，不和我说话。他一不说话，整个寥寥走在村庄里的人，都不和我说话了。那时的村庄真是安静。"

一节一节的田地里种着一种特别好看的花，那个时节，有的花正含苞待放，有的已经开得不能再开下去了，再开下去，另外一场人生正眼巴巴地等着它们。那场人生呀，又是一场经历重复的过程。太漫长了，它们愿意在这场人生中多待上一些时日。你走近花，闻花的味道，那种叫不出名字的花只是好看，其余什么都没有了。“那是给人造成的多么奇妙的一种错误呀。”你说。

一只鸟飞到你的肩上，叫个不停。你看那只鸟的眼睛，它的眼睛里装的全是你走过的地方。它是一只熟悉你的鸟。难怪对你如此亲近。你和它聊起来，它也和你聊起来，你们都在不停地聊着远方，聊够了，它发出一声悦耳的叫声，纵身飞走了。你望着它飞向远方的身影，突然不知道自己刚才到底说了什么，或者根本就没有说过什么。有一天，它还会来找你说些什么，你安慰自己。

你坐在一块圆石头上休息。你说：“走了那么长的路，实在有些累。”你的累是从远处带来的。一群蚂蚁看见你，排着队向你赶来。那时的它们，赶得可真急呀。有几只摔倒在路上，四脚朝天，那可爱的样子让你笑出了声。领头的蚂蚁站在你破旧的鞋背上，它一会儿抬头，一会儿低头，头上的触角上下摆动着。其他的蚂蚁一动不动地看着你。你已经认不出那几只路上摔倒的蚂蚁了，它们长得一模一样。如果能认出它们，真想抚摸一下疼痛的它们。

再走一段路，有个老磨坊。磨坊会说话，“咯吱咯吱”地响。走进磨坊，里面有个老人，他把一片片巴掌形状的叶子往磨口倒。叶子再出来时，没什么变化，他又把这些没什么变化的叶子往磨口倒。叶子还是没什么变化。老人加了几片鲜活的叶子进磨口，没什么变化的叶子全变成粉嫩粉嫩的红出来了。老人把粉嫩粉嫩的叶子捧在手心，对你说：“这才是我想磨出的叶子的颜色。”这是除了那个年轻人之后，村庄里最后一个和你说话的人。

你说：“村庄里，阳光不是从天上洒下来的，是一股股倾泻下来的。它们总是像商量好了一样，一会儿在这棵树上撒撒欢，一会儿在那家的青瓦房上蹦一蹦，一会儿在山顶，一会儿在人们的脸上……阳光真像兔子呀。”

“房子是泥巴做的。”你说。每座房子都敞着。门敞着，窗户敞着，墙也敞着。小孩躲在裂开的墙缝里看你，眼珠黑黑的，透亮透亮的，他们冲你笑，不给你说一句想说的话。你逗他们玩儿，他们笑你。他们的笑只是在笑，没有声音，他们不想让你听见他们的声音。他们把所有的笑声和想说的话都埋在心里，他们在心里和你对话。你说你听见了他们和你的对话，他们让你往南走，南方会遇见和这里相同的房子和相同的他们。这些小孩呀，原来都知道南方了。

一根圆木横跨在一条小河上。河其实是干涸的，但你说你知道那是一条河，曾经是，现在也是。你走在圆木上，走得小心谨慎，生怕掉进河里淹死了自己。你说河下面有好多小鱼，还有一些贝壳。那些罕见的贝壳，它们在水里闪闪发光。河水真调皮呀，它们跃起来打湿了你的鞋和裤沿。你说："我是多么喜欢水花跃起的那一瞬间呀，像奔着死去。"

你告诉了我很多，突然问我："这是哪里？"

"凹村。"我回答。

你沉默了。

"我真是老糊涂了。"你起身就走。

你的身体弯曲得快要贴着地面了。我在你的身后心疼着你。

"时间真是太久了。"你默默地说。

"到家里喝一盅浓茶再走吧？"我对着你喊。

"喝一盅再走。"这次你爽快地答应了。

还有些话我没说出口，但我们都明白，无须多言。

一群赶马人

昨天，凹村来了一群赶着马匹的人。那群人瘦得皮包骨头，风一吹，东倒西歪。风走了，他们还没从一阵刚走的风中扶正自己，歪歪斜斜地慢慢向前走。

马是人养出来的，人瘦成那样，马也好不到哪儿去。

领头走的是一匹老马。棕色的皮毛，跛着腿，头昂着，眼睛看着前方。后面的马走得垂头丧气，眼睛盯着地看。地看乏了，才抬头看看前面。后面的马即使不抬头，也不会走错一条路。最前面的老马是它们的路。

人的好奇心要比马多。即使人看起来也疲乏之极，但他们走上一阵子，就抬头看看前面，走上一阵子又看看前面，生怕走在前面的老马把一条路走偏了，把人带上绝境没有了退路。

人知道只要给马一条巴掌大的路，就能一直走下去。人却走不了一条巴掌大的路。人比马矫情得多。

马懂人的心思。一匹马知道无论自己跟了人多少年，经历了多少事，人还是不放心自己。路被一匹马走歪了，人在后面吼两声马，马立刻就知道了自己走歪了，多走几步，把一条自己脚下的歪路重新走直。一匹马一旦把自己的路走直了，人在马后面一般就无所事事了，人不声不响的，东张西望地想自己的心事。时间久了，一匹有经验的老马，它能猜测到人什么时候看一次路，一次要看多久。等人看路的时候，它就停下来不走，等人。它一停下来，跟在后面的马停下来，所有的人停下来，整个时间也停下来。

马和马之间，相互望望。所有想表达的东西都装在那双大大的眼睛里。马的眼睛很奇怪，仿佛劳累和困乏只能进入它们的身体，却永远进不了它们那双明亮而美丽的大眼睛。它们的眼睛随时看，随时都有种说不尽的温柔，让人心里暖暖的。

这支队伍，走在马群最前面的是一匹老马，走在人最前面的是一个杵着拐杖的老人。老总是让人信赖。

这次停下来的时间比老马预计的要长一些。它往前走了几步，跟在它们后面的马走了几步。人却没有跟上几步。老马听见身后没有人的脚步声，回头望人。

杵着拐杖的老人跟后面的人说着什么。风一来，大家赶紧双手叉腰。这样，人似乎在风中稳了些。队伍中间一个没有来得及叉腰的人险些被风吹倒。他被风往后推了几步，撞到身后的人。后面的人脸色铁青，示意他赶紧叉腰。

风过后，老人用他的拐杖指着前面的村子，然后坐下。所有的人都挤上来，坐在老人的周围。路被这群人挤宽了一点，他们一点儿都不知道。

人在密谋着怎样穿过一个村子。马竖着耳朵听。它们也要知道这个秘密。马要带好一群人的路，不能出任何差错。特别是走在最前面的那匹老马。

它转过身，走进人群。其余的马都给它让道。老马站在老人身后，听到待商议之处，它“扑哧扑哧”地哼哼两声。人就重新开始商议马觉得不妥的地方。在这种大事上，人相信一匹带着他们走南闯北的马。

是一场风把这群陌生的人和马的味道刮进凹村的。凹村的春风嫩嫩的，好养。它们刚刚出生，还没有被那些活得吊儿郎当的老风带坏。它们忠于凹村，听见有关凹村的什么消息，就火急火燎地把这些刚听来的消息刮得满凹村都是。

凹村人对春风好。每到春天，樱花含苞待放时，他们都要举行一场迎接春风的盛大仪式。仪式上，他们开场白的第一句话就是要对今年的春风好，他们把春风说成是自己的家人，看成是自己还没有长大的娃。他们说："对待春风要像对待自己的娃一样，懂得心疼它，爱护它。"这是人在收买风。春天的风长得嫩，不醒事。听见人夸它，心里欢，它觉得人把它当亲人，它更应该对人好。春风对人好的做法就是自己知道什么消息，就把这个消息刮得到处都是，它们生怕对自己好的人因为没有得到这个消息而错过什么。所以春天也是凹村各种消息最多的时候。那些春风，人小鬼大，它们跑到其他村子，把去年、前年、大前年的旧事从一些多嘴的人口里翻出来，带给凹村的人听。春天的嫩风不管那些陈旧的老事被翻出来后会给人带来什么，它们只想掏心窝子地对人。长在凹村的老风管不住它们，干脆藏起来，由着嫩风的性子走。它们是从嫩风走过来的，它们懂一场嫩风是需要经历一些事和一些人才能真正成熟起来。

凹村人一辈子看过很多场风，他们知道风会越长越野。风的野是依着四季慢慢变得越来越不像话的。只是人还是对每年的春风怀有期待，就像人对一个天生逆根的娃也满怀期待一样。

他们每年都想调教好一场嫩风，他们希望一场嫩风在人的调教下，更贴凹村一点，更让凹村人省心一点。

那群人和马还在离凹村三公里的地方，围成一团。他们这次商议事情很慢，老是得不出结果。

凹村人有足够的时间准备。对于这样的准备在很多年前就已经轻车熟路了。

他们把凹村断尾巴、缺牙齿的狗全部赶到黑房子里关着，让狗别出声，只有他们让狗叫的时候才叫，只有他们让狗出黑房子的时候才出黑房子。他们把凹村最强壮、角最尖的牦牛放在路上走，把所有家里最具攻击力的猪、鸡、鸭、羊藏在河边的茅草屋里，由扎西看守着。他们把整天在西坡乱叫的乌鸦诱到凹村的大树小树上，把上了百岁的老人集中起来，隔一段路坐一个，隔一段路坐一个，一直坐到村尾。其余派不上用场的人和动物都躲进后山的两个大黑洞里。

一切都准备就绪。人和动物早就习惯了齐心协力抵抗外来的人。这些年，外来的人都怀着贼心，到哪里都想把那里变成是自己的领地。他们不想让凹村成为别人的领地。

那群外来的人和马在远处慢慢动起来。在面对一个陌生的村子的时候，他们的队伍也有了变化。

一匹小马深一脚浅一脚地走在最前面，走两步歇两下。老人和老马都退到了最后面。他们想骗凹村人，这是一支由不醒事的小马带的队伍，不值得引起人的戒备。还有的人藏在马的屁股后面，用马浓密的尾巴盖着自己。队伍中不断有呻吟声和咳嗽声，他们想用这种声音去误导一个陌生的村子，博得一个陌生村子对他们的同情。

这群人有所不知的是，凹村养着一村子听话的嫩风。他们的一举一动早就被嫩风看在眼里，一个接一个地传递进了凹村。

凹村的人和动物躲在村子里偷偷笑那群赶马人。

赶马人来到凹村村口，他们假装把自己的咳嗽声和呻吟声做得更大些，这种声音听着都让人生疼。他们想让一个陌生的村子知道，他们是一支走了很长的路，受了很多苦的队伍，没有任何力量去做其他的事，他们只想找一处地方休息。面对一个没有人出来招呼他们的村子，他们心里暗自高兴，他们的眼睛骨碌碌地往凹村的四处看，他们悄悄地对走在最前面的小马说："走慢些。"小马听懂人的话，脚步一次比一次放得缓，整个队伍也缓下来。他们想看见一个陌生村子里的所有秘密。

百岁的老人坐在石头上看来的人。她的头上裹着青布帕子，身上穿着蓝布长衫。老人不断地用袖子擦眼睛。她想看清眼前的人。

队伍中一个捂着胸口的人走向前和老人说话，说两句咳嗽两声。大概是说想借村子的路踩踩，他们只是路过这里，他再三说他们只是路过这里。他们此行的目的是去找一个人。那个人的名字叫卓嘎,他们已经找了她好多年了。他们一心想找到她。

坐在石头上的老人看着说话的人，同情地点点头，她伸出手去摸那人的脸。老人粗糙的手心被那人的脸硌得老皮都在疼。她知道，这个人一定在路上走了好多年，他的脸上垒着数也数不清的阳光、月光和尘土留下的印记。

老人给这个人指了指进村的路。那人感激地朝后面的人招了招手。后面的人和马跟上来。经过百岁老人身边，走在最后的杵着拐杖的老人和老马看了看百岁老人。他们都互相笑了笑。他们的笑里夹杂着岁月的沧桑，还有说不清、道不明的有些不能说出来的秘密。

这群人走得很慢很慢。从他们的慢中看得出他们根本不想离开凹村，他们东张西望，看凹村的一棵树、一座房、一条路，他们在心里记下一个村子。

还是一位百岁老人坐在树桩上。老树桩腐朽得快要断了。一群蚂蚁在腐朽的老树桩上忙忙碌碌。它们三五成群地从老人的脚背上爬过，它们在忙一场命里的忙，无法停止。

老人冲着来人和那群马笑。一颗要掉不掉的门牙在呼进呼出的气体里荡。

换了一个咳嗽的人和老人招呼。他说出的话和前面捂着胸口的人说的话一模一样。

“去吧，别踩坏了凹村的路。凹村的路脆得很，说断就断。”老人说这话时，要掉不掉的牙在嘴里荡。

凹村不大，这支队伍却在凹村的小路上走了很长一段时间，他们在路上遇见七八个百岁老人，却没有看见一个年轻人。他们在心里高兴起来。想对付七八个百岁老人，对他们来说再简单不过了。

他们想把只有七八个百岁老人的村子作为自己的村子。他们走了太长的路，早就想要一个能让自己安下心来的村子了。

这群人开始变得精神抖擞，前面呻吟的也不呻吟了，咳嗽的也止住了咳，他们在凹村大摇大摆地穿来穿去。看见百岁老人，爱理不理。刮来一阵风，也刮不歪他们了，他们身体里充满着一股力量，刚生长起来的力量。

他们遇见一头强壮、角尖的牦牛，高兴地喊，他们用手去摸牦牛的粗尾巴和壮脊梁，“啊啧啧…啊啧啧”地赞叹声从他们嘴里传出来。牦牛用舌头去舔人的手和脸，舔完就“哞哞”地叫，仿佛那些人养了它很多年。

“天意，天意呀。”那些人哈哈地笑。

马队里的马不和牦牛亲近，它们能闻到有些东西在蓄意伪装。那匹老马在杵着拐杖的老人面前跺脚，然后用头去蹭老人。

“虽然我们有牦牛了，可我们不会淡了你。你陪我们走了那么多年，都走老了。”杵着拐杖的老人爱怜地摸着老马的头。老马继续跺着脚。凹村的地被它踩出了坑。

这群人心里正是欢的时候，无暇顾及一匹老马的急。他们围坐在一起，杵着拐杖的老人坐在中间，他们笑着要商量一件大事。

老马离开了。

“终于找到了，我们走了这么多年。”老人说。人群里有几个人满眼泪花，他们知道老人口里的“终于”二字对于他们来说有多么重。

他们开始安排起在这个村子的生活。他们已经把这个村子当成是自己的村子了。

他们决定掀了那些老坟墓。他们知道坟在，根就在。他们要将老坟墓的地方改造成一座花园，种上这些年从各个地方收集来的花种，他们想让这些花春、夏、秋、冬开在那里，即使有一天这个村子的人回来，他们也认不出那是一块墓地了。他们要把这里的石头房全改成竹房。这里漫山遍野都生长着竹子，用也用不完。他们还准备修建一堵高高的墙，封了那条进村的路。让路过这里的人，只能绕过村子走。这些牦牛他们准备好好养起来，可以耕地，可以为他们驼秋收后背不完的粮食。

“这村子啥都好，就是乌鸦多了点。”其中的一个人说。大大小小的乌鸦笼罩在凹村的上空，“呱呱呱呱”地叫个不停。

大家都清楚乌鸦的叫，总让人心里慌。

“沿路我们看见那么多村子，有的荒废，有的老坏了，有的不让我们亲近，这里很好了。别老是盯着乌鸦看就是了。”杵着拐杖的老人说。

大家觉得老人说的有道理，都点点头，满脸的笑又堆在他们一个个的脸上。

一声哨响，断尾巴、缺牙齿的狗冲出黑房子。扎西放了茅草房里的猪、鸡、鸭、羊。凹村瞬间活了起来。围坐在一起的人不知道发生了什么事，一骨碌从地上站起来。他们看见狗向他们冲来，猪、鸡、鸭、羊向他们冲来，那头刚才还舔他们手和脸的牦牛向他们冲来，一切都发生了变化。杵着拐杖的老人突然明白了什么，他大声对大家喊："跑，快跑。"他们跑的时候，天上飞的乌鸦密密麻麻地盖着凹村的天。天黑下来，那些人看不清路，不断地摔倒又爬起来。那匹老马跑在最前面，它在用它的经验，拼命地在一片黑里逃。

他们在逃跑的路上，看见那几个百岁老人还坐在原先的位子上看他们仓皇地逃，那个爱笑的老人对着他们笑，要掉不掉的门牙依然在嘴里荡。

他们气喘吁吁地跑到了村口。后面的乌鸦飞了回去，追他们的那些牲畜也慢慢往回走，有几条狗伸着长长的舌头盯着他们看，它们在守着一个村庄，只要你不踏进去，它们就不会咬你。

"还是别人的村庄，我们想要找的、属于我们自己的村子可能还在前面。"杵着拐杖的老人说。

队伍恢复到了原来的模样。老马走在队伍的最前面，老人走在人的最前面。凹村的嫩风一吹他们，他们的身子就歪在一场风中，这些人赶紧用手叉腰，仿佛不叉腰稳住自己，他们就会马上摔倒在一场凹村的嫩风中，再也爬不起来。

还有一个人在荒芜中帮自己活着

最先，我认为它是一只蝴蝶。但它是一只鸟。

它站在高高的电线杆上，扑棱着翅膀，好几次，好几次都没有飞起来。那是一只小生命的柔弱。

我站在远处，一直为它使劲，我在心里数着一二三……一二三为它喊出我心中的口号，它还是没有飞起来。

那天，天下着一场雨。那场雨像是故意为它下的。雨不想让它飞上天，它每扇动一次翅膀，雨就往它站着的地方多飘一些。我想雨和它之间一定发生过不想让我们知道的事。

记忆里浮现一件事情。这件事深藏在我心中很久，我从来没有拿出来告诉过任何人。我曾经想，这是我自己一生都该藏在心中的秘密。今天看见一只鸟和一场雨后，我突然想把这个秘密说出来，一场雨故意不想让一只鸟飞上天，那是我不能理解的它们之间的秘密，而今天我把自己深藏在心中的秘密说出来让你听见，我想那也会是你不能理解或者根本不可能相信的一个秘密。

那是一个黄昏，我走进一片荒芜。我为什么要选择一个黄昏走进一片荒芜，连我自己也说不清楚。在那个混沌的时间里，我不知道一个今生今世的秘密正在靠近我。

我在一片荒芜中一直向前走，到处都是荒草和野风。我不知道自己要在这片荒芜中走向何方。在那一刻，我也无须担心自己要走向何方，背后的野风推着我向前走，前面的野草见着我就自然地为我让出一条路。我好奇于这一切在一个无人知晓的黄昏里发生，但我想任何事情要发生就有它该发生的理由。

我在一处荒野停了下来。野风把我推在那一处荒野就走了。我看见一场野风的悻悻而去，风走过的地方野草出奇地没有晃动一下脑袋，从那时起我才明白那场风是故意为我刮的。

我看见远处有棵干枯的树。到处都落着空寂和荒芜，只有它突兀地屹立在天地间。

我朝它走去。没有野风，脚下的草依然为我让道。它们不想让我走向其他地方，它们为我让出的一条道直通那棵树。

在这样一片荒芜里，我是不是无意间成了一颗落在人世间、打破荒芜的种子？像那棵屹立于天地间的枯树。我想。

我离那棵树越来越近。我看见树的根裸露在地面，树干上到处是细碎的裂痕。透过细碎的裂痕，似乎可以看见什么，看见了什么似乎又都只是自己一时的错觉。

该说到那个秘密了，也可能我已经在说一个秘密。

我来到树下，站在树下看树顶。我看不见树顶，或者说树顶在我看它的时候，正在不断地往我头顶的天上长，我看见了它的长，它长一会儿把头低下来看我一会儿，长一会儿又低下头看我一会儿，直到它长进高高的天里，我再看不见它。

树的高处有个洞。我决定爬向那个树洞。我在一片荒野里，走到哪里都是荒芜，走到哪里我都无路可走。看见树洞时，我就知道树洞是我唯一的一条出路。

我从小就喜欢爬树，很多村子里的树在没有长大时都与我的身体有过亲密的接触。那时，我爬一节树，就把耳朵贴在树干上听，我告诉和我一起爬树的娃，我说我听见了一棵树里有什么东西在流动。那些娃也学着我让自己的耳贴着树，她们说她们啥也听不见，但分明一棵树里什么东西流动的声音在我耳膜里潺潺地响。那是一种很奇怪的声音，乃至其他的娃让我说出那声音是什么样子时，我嘟着嘴尝试了好多种声音给她们听，都不像我贴着一棵树真正听见的声音，我自己摇头说不像这种，又接着尝试下一种，还是不像。她们说我是一个骗子，无论我怎么解释给她们听，她们都不再信任一个能听到树里有什么声音的我。

只有我知道我不是骗子。树知道我不是骗子。

今天，当我决定爬上树的时候，我习惯性地把自己的耳朵贴在一棵老树干上听。不得不承认，我是第一次将自己的耳朵贴近这样一棵老得干裂的树。当我把耳朵贴近树干时，我感觉到它在动，它在轻轻地往后退。我的耳朵并没有退缩的意思，我很快又向它贴了过去。后来树不动了，一棵枯树倔不赢一个一心想贴近它的人。枯树的老皮磨得我的耳朵痛。那时，到处都是一片静，我却从一棵老树的身体里听见了"哗啦哗啦"声，那声音像一阵风吹过一地麦头的声音，又像是几根竹子在风中互相碰撞发出的声音。但好像又都不是。我只知道这声音和我小时候从一棵小树那里听见的声音完全不同。我就那么静静地听了好久，那声音在一棵树里随时都在变化。我想，如今的我再也不会嘟着嘴去给别人形容这种声音了，因为我知道这世界上的很多东西是我无法理解的。

我往树洞爬，树洞在我爬的时候一直在往天上长。凭我这么多年的爬树经验，我能赶上它。我离树洞越来越近。我的一只手已经抓住了树洞的边。是的，我怕掉下去。掉下去，我立马会粉身碎骨。掉下去，我立马会淹没在一片荒芜中，从此离不开一片荒芜。

我想象过树洞里有什么。蛇、蚂蚁、猫头鹰，我什么都不怕，我告诉自己。但我从来没想过，树洞里会有人生活过的痕迹。

一双鞋子挂在洞口，还有些零碎的锅碗凌乱地挂在树洞里。我停在洞口，我不知道该爬到里面去还是该离开树洞。我朝树洞“喂……喂……”地喊，我想如果里面有人，她们会给我回个话或者弄出一些声响让我听见。

没有人出来回答我。我的声音在经过一个树洞之后，有些变化地又回到我的耳朵里。那变化浅浅的、弱弱的，有什么东西在半路上改变了我的声音。那种改变不是一个树洞能改变的。我嗅到一股陌生的气息。我探着头往树洞里看，树洞深不见底，树洞朝着一片土地继续延伸进土里。我继续对着一个树洞喊，我的声音沿着一个地下的通道延伸出去。

我知道这个地下的通道通向一片荒芜。当我“喂……

喂……”地对着一个树洞喊的时候，我是对着一片荒芜喊。我的声音穿过一片荒芜再回到我身边，我的声音少了很多。荒芜吃掉了我的声音。我把头从树洞里探出来，我望向一片荒芜。那无边的荒芜啊，在黄昏中精神起来。没有风，它们在黄昏中摇摆着。那是我的声音唤醒了它们。

我急急地从树洞往下爬。我突然害怕起这个最先让自己认为是自己唯一出口的地方。那一刻，我也不怕自己从树上摔下来，比起摔到地面，我更怕一些让自己无知的东西。我不知道自己往下爬了多久，在我往下爬的时候，我也知道一棵枯树还在往天上不停地长。我很庆幸自己有那么多年的爬树经验，让我有足够的勇气和力量，在一棵继续在黄昏里长的枯树上相信自己能回到地面。

我终于落地了。我一个劲儿地在荒芜中奔跑。我在树洞里“喂……喂……”地喊声从地下传出来，仿佛整个荒芜都在呼喊我这个奔跑着的人。我不想在一片荒芜中答应这个“喂……喂”的呼喊声。我跑了好长一段路，那喊声慢慢弱下来，我减缓步子，停下来回头看那棵屹立在荒芜中的枯树。我看见有个人在树洞口向我挥着手。那矮矮的个子，红色的衣服，以及那站在洞口挥手的样子，多像我自己。

我想我丢失在一片荒芜中了。我继续跑，终于逃出一片荒芜回到了自己的村庄。但我知道，在我的一生里，我已经丢失了一个自己。在我的一生里，还有一个人在荒芜中帮我活着。

我没有向任何人告诉过这件事情。我想让谁都认为，谁的一生只有自己在活自己。

这是我的秘密。

外面的雨停了。

今天，当我真正看清楚一只鸟是一只鸟时，蝴蝶不见了，雨不见了，雨不想为一只鸟故意再下下去了。鸟站在高高的电线杆上，第一次冲着我叽叽喳喳地叫出一串，那叫声多像我冲着一棵树洞“喂……喂……”地喊的那些声音。

鸟不知道曾经在一个人的眼里，一只蝴蝶帮它活过一阵子。或者那一阵子它真的就是一只没有飞上天的蝴蝶。

这世上的很多秘密，是我们无法解开的。但也无须解开。

找不到的东西

阿爷等那块三角米糕已经十多天了。我从凹村往镇上跑，也快三天了。如果可以，夜里我也想帮阿爷去找他想吃的三角米糕。可是白天没有的东西，夜里更没有。

我没见过三角米糕。我是从阿爷一个劲儿的喊声里知道三角米糕的名字。阿爷把三角米糕这个名字一声声喊得软软的、轻轻的，仿佛那个名字是从阿爷一辈子的命里钻出来的。上门的媳妇德西一听见阿爷的喊声，脸上就泛起红晕，她假装用手捋一下头发，然后用黑黑的眼珠子偷偷看其他人。其他人都在忙其他人的事。阿妈在往水缸里舀水，阿爸在用藏刀修整他的檀香木碗，隔壁的阿嘎在给大家讲其他村子的事。每个人都在忙每个人的事。每个人都忙在阿爷喊三角米糕的声音里。

德西低下头，往钢炉里传火。柴火传得急，燃不过来，冒出一股股青烟。烟呛得整个屋子的人都咳嗽起来。阿爷也咳起来。他的咳挡在青烟后面，远远的。

“空心火，空心火。”阿妈在青烟中不断地喊。

德西急忙掏空火心。火呼呼地红亮起来。

阿妈打开窗户，青烟像被人赶着似的窜了出去。阿爷又在藏床上喊三角米糕了。

“呀呀呀。”阿妈应着阿爷的喊声。阿妈应完阿爷，藏床上的阿爷就会安静一会儿。阿妈已经应过阿爷十多天了。

隔壁阿嘎接着说话。阿嘎的话是断的。一会儿讲到这里，一会儿扯到那里，事与事之间仿佛隔着一张板。

她说：“今早云很厚，我看见云厚，就下地干活去了。我在地里等一场厚雨，结果什么也没等到。”

她说：“我家的鸡可能被拉姆家的母鸡带野了。野得一两天都不回家，这样迟早有一天就再也不回来了。”

她说：“我昨天在房顶上收青稞，看见一只红嘴乌鸦站在藤子树上‘呱呱呱’地往山上叫，我硬着头皮不敢往山上多看。”

她说：“我昨晚做了一个梦，那个梦真是长，梦拖着我走了很多地方，醒来往死里想，都没记起梦里去过的地方和任何见过的脸。”

只有阿妈“呀呀呀”地有一句没一句地应着。其他人都在忙其他的事。

阿嘎说累了，停了下来。她一停下来，整个堂屋里只听见阿爸用藏刀修理檀香木碗的“嗤嗤”声。

“三角米糕，三角米糕。”阿爷喊三角米糕的声音越来越轻，让我想到一只羊羔的“咩咩”声。

灯光下，德西脸上的红晕更深了。她见我在看她，悄悄地把脸往灶角边转。

前不久，我在青稞地里听见德西发出过这样的声音。当时，风刚过青稞地，德西轻轻的声音裹在风中。风裹不紧她的轻轻声，我顺着风来的方向寻找那种声音。就快到达那个声音时，我看见德西和一个男人滚在青稞地里。那时阳光正好，她和那个男人的身体像垂着头的青稞一般饱满、金黄。我喜欢那两个饱满的身体裹在一起的样子，让我感觉秋天真的来了。我没有把这件事情告诉任何人，我想守住我找到的秋天的感觉。

我跑到阿爷的床边看阿爷。阿爷的整张脸小得可怜，脸上的老皮贴在他的老骨头上，皱巴巴的。阿爷眼闭着，嘴巴上的褶皱重重叠叠，把整张嘴都盖住了。我静静地待在阿爷身边，阿爷静静地躺着。那深陷的眼窝子，凹陷得厉害。我想，他在世上的日子，是什么都不想看了。

阿嘎起身离开，她说："近嘛，我可以随时来串门。"阿妈站在门口送阿嘎。我听见阿嘎"噔噔噔"地下楼声。我们家的狗拖着铁链跟了几步，又拖着铁链回到了狗窝里。它熟悉阿嘎跟熟悉自家的人一样。

德西还在传火。锅里的开水翻滚着。

"把火灭了。"阿爸说。

我看看阿爸，看看德西。德西不吭声，把手里的柴火捏得紧紧的。阿妈默默地坐下来，缸里的水还没有装满。舀过水的瓢倒挂在缸上面的铁丝上，瓢上一滴滴剩水往缸里"滴答滴答"地掉。

"锅里的水蹦得我心慌。"阿爸把修理的木碗放在一边，他用火柴点燃一支烟，皱着眉头抽起来。

没人应阿爸的话。我看着阿爷，他微弱地呼吸着。我感觉躺在床上的阿爷不是我的阿爷，我的阿爷藏在那张皱巴巴的皮肤下，和我玩着躲猫猫的游戏。

"还有啥法子？"阿妈看着锅里蹦着的水说。她的泪珠子一颗颗地往怀里滚。

“哭，只知道哭。”阿爸黑着脸，把身子往一个方向扭过去。他不想看见阿妈的泪。

“等达瓦回来，让他想想办法？”德西犹豫地说。

“他有法，还用等到今天。”阿爸说着，把抽完的烟头扔在地上，一脚踩灭了。他走到窗边，一束灰白的光扑向他的整个身体。他硬硬地站在光束里。

“我们再试试昨天的办法？”阿妈说。

“没用的。他知道。”阿爸冲着向他扑来的光束说。

我看着躺在藏床上的阿爷。心想，是的，他知道。阿爷什么都知道。

大家都在沉默里。楼下响起了“噔噔噔”地上楼声。阿爸从那束硬光中转过身来。光束在后面推着他。

阿哥达瓦出现在门口，两手空空。

“没找到？”德西问。

达瓦摇摇头。他走到阿爷的床边看了一阵阿爷，然后低着头在德西的身边坐下。

“年成太久，很多人都没有记忆了？”达瓦说。

阿爸硬硬地站在光束里。阿爸的整个身体在我们眼里一片漆黑，我看不见阿爸。我们所有堂屋里的人都看不见阿爸。大家都在沉默，阿爸沉默在一片黑影里。

“三角米糕，三角米糕。”阿爷在大家的沉默中又喊了两声。

德西的脸红开了。达瓦看了德西一眼，没说什么。他把双脚往里收了收，轻轻用脚踩了一下德西的鞋。德西忙把双脚收了回去。她的脸更红了。灶里的余火把德西红开了的脸照得亮亮的。

阿爸回到原来的位子，他想拿起他的檀香木碗继续修理，碗拿在手里，又放下了。他从包里拿出一支烟，继续抽起来。

“这样拖着也不是办法？阿爸会一直拖着自己。”阿妈嘤嘤地哭起来。

“孽。”阿爸短短地说。这个短短的话把阿爸嘴边吐出的浓烟冲散了。

阿妈哭出了声。

“哭能做出三角米糕吗？哭能让阿爸忘记那段记忆吗？只知道哭。”阿爸气冲冲地走出堂屋。

阿爷又喊起三角米糕。阿妈急忙用腰间的围腰擦干眼泪。她走到阿爷的床边，轻轻问阿爷：“阿爸，你要喝水吗？”阿爷不理阿妈。阿爷喊完那一句，又跟睡着了一样。

阿妈的眼泪不断地往外滚。那眼泪一颗颗落在我的手背上。砸得我心疼。

“三角米糕是什么？”我问阿妈。阿妈的眼泪流得更急了。

“让顿珠到镇上去找。”阿哥突然看着我说。

所有的人都看着我。我瞪着大眼睛看着所有的人。

“不行。大人办不了的事情，顿珠怎么行。”阿妈说。

“我问过德拉寺的绒布活佛了，他说我们家只有顿珠能达成阿爷的心愿。”达瓦说。

“我不认识三角米糕。”我对着所有人说。

“绒布活佛说只有你能找到。”阿哥达瓦说。

阿爷在床上踢开了被子。那是十多天来，阿爷除了喊三角米糕以外，第一次动他自己的身体。

第二天，家里所有的人都站在门口送我。我有一匹小马。深棕色，它叫索昂，它将陪我到镇上去。

“不要怕，贡嘎神山会保佑你。”阿爸对骑在马背上的我说。阿妈眼睛红红的，要滚出来的眼泪使劲往回收。我们都知道眼泪送人是不吉祥的。德西和达瓦并排站着，他们不说什么，什么都在他们的眼神里装着。

“去吧，顿珠。”阿爸拍了一下索昂，我和索昂走出了家门。

我听见隔壁的达嘎站在墙头上喊阿妈：“拉珍，拉珍，我昨天梦见一只洁白的仙鹤往天上飞，看呀，看呀，今天是个多么吉祥的日子。”

我在镇上骑着我的棕色索昂已经快三天了。我见着开店的商家就问有没有三角米糕卖。很多商家摇头，他们不知道三角米糕；知道一点的就只是说：“那手艺有些年成了，没人做了。”

我一天又一天地在小镇上转。有人告诉我，翻过几座大山，还有一座比小镇更大的城市，那里什么稀奇的东西都有。我试过好几次，想去那座城市给阿爷找三角米糕，可是那里实在太远了，远和陌生让我害怕。我继续在小镇上转，见人就问知不知道三角米糕。有的人我问了又忘记了，第二天继续问。那些人直摇头地说：“娃，你昨天已经问过我了。”我不好意思地告别他们，继续寻找三角米糕。

“你去山顶的嘛呢堆那里看看，那里可能有人知道三角米糕。”一天，一个人告诉我。

我骑着索昂往高高的嘛呢堆方向走。那里从早到晚都有很多转经的老人。我把索昂拴在附近的一棵白杨树桩上。索昂冲我“呼哧呼哧”地叫，前脚在地上不断地刨土。我舍不得丢下他。我牵着他走进转经的人群。

我和索昂穿梭在转经的人群中，不断有人绕开我和索昂往前走。那些绕开我和索昂往前走的人，不一会儿绕了一圈又回到我们身边。他们边念经转圈，边微笑着看我和索昂。有的人走过我和索昂身边，用手摸摸索昂和我的头。每个摸我们头的人，我都冲他们笑一笑，我想张开嘴问他们三角米糕的事，可他们念着经又匆匆走过了。我不停地跟着转经的人群走，我的索昂也不停地跟着转经的人群走。再有人摸我和索昂的头时，我依然冲那些人笑一笑，再不急于问三角米糕的事情了。

我在心里为我的阿爷转经，为阿爷想要的三角米糕转经。我想起阿哥达瓦说过的一句话，只有我能达成阿爷的心愿。

我的索昂一直跟在我身后，它双脚踏地的声音一次次响在我身后。我记不得我们已经转了多少圈了。我停下来，看着下面弯弯曲曲的索拉河水，静静的河流在阳光下泛着银光。我的索昂也看着下面银光闪闪的河。我们的眼里都装着一条从远处流经这里的河，那是凹村的河。

转了这么大半天，我知道我的索昂口渴了。我牵它离开转经的人群，它的步子慢起来，接着就干脆不走了。它往后面退。索昂“呼哧呼哧”地喘着热气看着我，它是不想离开嘛呢堆和那些转经的人群。它在为阿爷祈福。我懂我的索昂。我带着它回到转经的人群。抚摸我的头和索昂的人越来越多。我解开牵着索昂的绳子，让它自由地跟在我身后，索昂不会离开我了，我知道。

太阳慢慢往贡嘎神山上爬。金黄的阳光像神山戴的帽子一样，先是很大，后面越来越小，最后消失了。天暗下去了，转经的人念的嘛呢声也渐渐消下去了。

在落日的余晖中，我带着索昂往索拉河走。索昂走两步，又往回看两眼。我喊它的名字，它看看我，又看看暮色中暗下去的嘛呢石堆，它还在犹豫。

“走吧，我们明天再来。”听完我的话，它才跟上我的脚步，朝索拉河边走。

索拉河安安静静地躺在暮色中，天上的星星倒影在索拉河平静的河面上，整条河穿着星星做的衣裳。

“索昂，你说三角米糕到底是什么样的？”我躺在索拉河边的草地上，看着满天的星星问索昂。索昂摇晃着脑袋，望着索拉河来的方向。

“你也不知道对吧？是呀，有谁见过呢？”我朝索昂的肚皮上移。索昂的肚子暖暖的，让我很快进入了梦想。

阳光从贡嘎神山滑下来，落在我的身上。远处，转经的人慢慢多起来，我从褡裢中取出木碗和阿妈为我备好的青稞饼，用木碗舀了一碗索拉河的清水，就着青稞饼一起填饱我的肚子。索昂也站起来，它在河边吃草。我们都在为新一天的开始做着准备。奇怪的是，我的心里不再为三角米糕焦急。我的心平静得如索拉河的河水一样。我只想转经，只要能转经，我的心就能静下来。我的索昂也是，它填饱肚子，走到我身边蹭我。它往嘛呢堆的方向仰望，它催促我该转经了。

我带着我的索昂往山上爬。索昂跟在我身后。我们又走进了转经的人群。我们一遍又一遍地围着嘛呢石堆转，一遍又一遍地转。转的时候，我一直在为阿爷念经，我的脑海里只有阿爷那张瘦巴巴的脸。

很多人冲我和索昂微笑。太阳最辣的时候，有人从怀里拿出带来的水喂索昂。索昂喝下后，跟在我后面，默默地跟着我转经。

那天，下了一场大雨。所有转经的人都躲进了树林。雨后不久，一道彩虹横跨在我们头顶。

转经的人在彩虹中跪拜。我和我的索昂也是。当我抬头时，有那么一瞬间，看见阿爷站在我的前面，他微笑着看我，对我说:“回家吧，孩子。一切都如意了。”我揉揉眼睛，阿爷不见了。

索昂在我身边双脚刨着土，做出跑的姿势。

我骑着索昂一路往回走，一路上彩虹罩着我们。

全家人都围在阿爷的床边，见我回来，阿妈牵着我的手说：“就等你了。”

阿爷睁开双眼，用那深陷的眼珠子看着我说：“我看见了三角米糕，在你去过的地方，它如贡嘎神山一样圣洁。”

说完话，阿爷闭上了双眼。那张皱巴巴的脸，渐渐舒缓开来。我们为阿爷的解脱感到欣慰。

“阿妈，三角米糕长什么样呢？”有一天我又问阿妈。

“那是你阿爷的一段记忆。谁都没见过。”阿妈说这话的时候，一只只秃鹫正带着阿爷的灵魂往高空中飞翔。

“这是多么吉祥的日子呀。”索昂站在我身边，我悄悄地告诉它。

谁偷走了凹村

很多年后，我依然相信，凹村里的很多东西和我玩着躲猫猫的游戏。

看得见的，看不见的，抓得住的，抓不住的，它们都背着我做着手脚。

我想罗布的时候，总感觉有些东西在嘲笑我。它们的笑声弱弱的，不想让我听见，刚起就被风吹走了。它们在我的咳嗽声里出入凹村，在我的梦里打打闹闹，在我看远方的时候，窜进我的视线，又变成远处的黑点，困扰我。

有它们的存在，让我对很多东西产生了怀疑。

它们在折磨我。折磨我的同时，我想，也在折磨着凹村的其他人。

我下地干活的时候，问过朵嘎，朵嘎说他的视力在很久以前，就被一场凹村的风沙给弄坏了，他心里的凹村早就处在一片灰灰的月光里。

我不信朵嘎的话。如果他心里的凹村处在一片灰灰的月光中，它爬墙偷村东口的卓玛姑娘，路为什么又是那么熟悉呢?

后来我还问过几个凹村的人，他们说自己老了，没心思去想太多事情，黄土就快盖住吃饭的嘴了，西坡那片突起的坟地，才让他们更加安心。

凹村处在一片老气中。

村子刚生下来的娃，仿佛已经就是一位老人了。那“呼啦呼啦”转动的眼珠子，看着就像经历了很多岁月。他们白天夜里都不喜欢平躺着睡觉。平躺是看天，天会吓住这些娃。

谁都当过一次娃，以前我当娃的时候，看天，也哭。天除了它该有的那么一点东西，剩余的都是空。无限的空，让我害怕。娃是刚从无限的黑里来到世上的。黑和空有着一种隐秘的联系。

我当娃的时候，睡觉只要朝着西坡，就会安静下来。

我要用我在凹村的一辈子看透西坡。看透西坡，就看透了我的下一辈子。

在娃的眼里，这辈子和下辈子的距离很近。生与死的距离也很近。

凹村的娃比大人能看懂很多事情。

人一旦长到一定时候，就不是自己了。大人是经过凹村的风雨改造成大人的，在改造的过程中，他们学会了躲避一些东西。那些躲着的东西，大人不会轻易拿出来说。

很多日子，凹村正被一夜又一夜的黑盖掉，被一场又一场远处吹来的风带走，被一堆又一堆的月光悄悄移向西坡的那片坟地。

在这场转移中，谁都是帮手。谁都不想站出来，为凹村说句中听的话。

整个凹村都在睡眼迷离中生活，它们想把这一世的觉睡到下一世去。它们的心在无形中长满了荒草，长草的那片地干涸得就快裂开了，过不了多久长草的地方也快死成一片。那时，一切都彻头彻尾地死了，再想活过来，就不容易了。

有一把藏在暗处的刀在割着凹村。我似乎意识到这点。

这把刀今天在凹村的东边割一块儿土地走，明天在凹村的南边割一块走，后天在凹村的北边割一块走，唯独不去顾及西坡的那块坟地。

它的意图已经很明确，它要把凹村大大小小的人像赶牛一样，往西坡坟地赶。

它想要整个凹村。

等凹村的人都走向西坡的那块坟地时，它再站出来，把它割下来的凹村拼凑起来，变成自己的家园。为了以防万一，它甚至把凹村天上爱飘的几朵云儿也移开，免得在驱赶过程中有漏掉的凹村人来找它扯些老话。

尽管它夜夜都在缜密地做着一些驱赶凹村的事情，但是它依然担心在此过程中漏掉一些东西。

漏掉的东西，就是麻烦。

我是它漏掉的。

我早就发现，有人在我背后做着手脚。

一段时间，凹村的老鼠多了起来。它们放肆地在凹村中大摇大摆地走动。猫一夜之间躲在了各家各户的地窖里，主人怎么拉都不出来。这群老鼠见牛不让，见狗就一起追过去，学着猫咬它们的架势对付一条狗。凹村的果树上到处都是老鼠，它们吃完凹村人还没来得及摘下的果子，就去大口大口地啃树，一棵棵果树白天夜里地倒下。

凹村就像没穿衣服的人，一块块的裸露在白天黑夜里。

外面收拾完了，这群老鼠就跑到家里。它们和凹村人争很多东西，吃的、睡的、耍的。争不赢的，就在夜里报复你，咬疼你的耳朵，咬掉你的指甲。

我和一只老鼠发生过一场战争。

我的木窗子上，放着一张搭搭帕。这是卓玛为我结婚绣的。卓玛说：“一块好的绣花帕，就是一条红线。女人要锁住男人的心，就得让自己头上戴着的花艳丽起来。”卓玛送我的搭搭帕上面的花朵跟真的一样，我一直舍不得戴上它。

一次大白天，一只老鼠藏在柜子后面，一节一节地偷我的搭搭帕。它看上了这条红线。我看见卓玛送我的搭搭帕就快被一只老鼠偷完。我急忙用手去拉。老鼠的劲儿很大，我拉回来，它拉回去。我爬到柜子上去骂它，它死死咬着搭搭帕不放，用圆鼓鼓的大眼睛瞪我。我和它讲道理，它恨我不说，继续使劲儿。一只油盐不进的老鼠惹恼了我，我把搭搭帕挽在手腕上，用力一拉，老鼠毕竟是老鼠，被我的蛮劲儿征服了。它走时，眼睛瞪着我，嘴撸了几下，像是在警告我：“你等着，我总归会得到这块搭搭帕的。”

我在恍惚中等待一只老鼠给我下战书。

凹村人活得越来越失落，它们丢了东西似的，整天低着头看地；天上的阳光薄了，像是每天都有人到凹村带走一些光亮；村东口的百年大树没几天就把自己的命活得浅了不少，它看过了凹村人的好几辈子，这辈子看来是再看不过来了。

一些东西在溜走。像达瓦山上的雪水一样，离开了凹村，就再没回过凹村。

一天夜里，没风，百年大树朝西坡方向倒了下去。

凹村人说："有什么东西在推树，也在推凹村人和很多东西朝一个方向走。"

天也在变化。

它在一块一块地少，缺角，像老鼠啃过的饼，渐渐盖不住凹村。

凹村的天和地，都在往西坡的那块坟地挤。

我知道自己夹在去西坡的人群中，挤得没有了人样儿。

很多凹村人都没有了人样儿。见着谁，谁都不说话。

整个凹村都哑了。

凹村的村主任扎西耷拉着头，眼睛盯着一天比一天凹下去的地看，这片地他花了一辈子也没看透。

那个暗地里偷走凹村的东西，它们还在一块一块地割凹村。它筹谋的另一个村子，就快会在我们到达西坡时建立起来。

去西坡的路，被凹村的人和其他东西填得满满的。

我们不会再有回去的路可走。回头路已被昨夜凹村的风沙掩埋。

凹村，正在遇见一场被偷走的灾难。

一只盯着我看的猫

一只盯着我看的猫，眼里有什么，又好像什么也没有。

猫趴在我家的院墙上，一动不动。不注意看，肯定以为它死了。它唯一活着的是那双眼睛，鼓鼓的。不过也很难说，有些猫死了也瞪着一双大眼睛，像看不够这个世界似的。

院墙上的那只猫，不知道是从什么时候开始待在那里的。昨天？前天？还是刚刚。这些都令我想象。

一大早，我就在忙我的事情。我的这种忙法，已经几十年了。我想在以后的命里，我还会不厌其烦地忙一件相同的事情。直到有一天，我不能再忙了，或者是根本就忙不下去了，才学会撒手。

今天，我在忙的时候，始终觉得有什么东西在盯着我看。我的耳根子发烫，后脑勺刺刺的。我环顾四周，除了风和那些我熟悉的东西之外，什么也没有。

凹村的风是旧的，不会变出什么新鲜花样来惹我。

实际上，我早早就有一种感觉，有什么东西盯着我不放。它在暗地里看我的生活，我的衰老，还有我心里最隐蔽的难以启齿的秘密。我抓不住它，而我在它那里，完全没有秘密可言。

最近，这样的感觉强烈起来，尤其是今天。

我又在屋子里找了一圈，除了发现几只老鼠啃破了木仓，装在木仓里的玉米正在“哗啦啦”地往地上滚，再没什么新的发现。

我用旧衣服塞住老鼠啃破的洞，骂骂咧咧地出门。要知道，我想骂的不只是啃破木仓的老鼠，还有隐隐中我能感觉到的某样东西。

我在墙角取锄头。那把锄头跟了我几年，锄把上浸进了我的味道。没人能偷走我的锄头。偷走它我也能找回来。我边取锄头边想。

我抬头就看见了那只猫。它盯着我不放。它的眼神很硬，像要刺穿我。

“你为什么要看我。我在你的命里，算什么？”我问它，它连头都不歪一下，依然盯着我看。

那只猫是一只杂交猫。我对杂交的东西特别敏感。

我家有很多杂交的牲畜。我家的黄牛是和隔壁村卓玛家的牦牛杂交的。我家繁衍下来的猪崽都是那头七八岁的母猪和隔壁村的白猪杂交的。我家养的十几只羊是和彭措的那只外来羊杂交的。还有我家的二十三只鸡，一看就是扎西家那几只吊儿郎当的公鸡的种。

杂交过的东西，总会给人莫名其妙的怪感。

我家的几头牛，一半黄一半黑，走起路、叫起声，有黄牛的柔，也有牦牛的刚。我家的猪从来没有一个纯色，有的黑到屁股眼了，最后总要白那么一下。羊和鸡就不用说了，这两种牲畜没一个让我们省心。特别是那羊，没有一点凹村羊叫的样子，它完全学会了彭措家外来那只羊的叫声，娇滴滴的，妩媚得让阿爸总是在夜里扔下我，跑到隔壁挤着阿妈的小藏床睡。

“冷得很。”羊叫得阿爸心痒痒的夜，他总喜欢说这话。

“哪里冷？”阿妈在被窝里不耐烦地问。

“脚板心冷，背也冷。”阿爸赖皮地说。

“又是那羊。我知道是那羊。”阿妈话没说完，隔壁的板壁就被他们磨得“吱吱”地响。

我时常在板壁的“吱吱”声中醒来又睡着：“该死的羊。”我在夜里骂。

我的出生一定和羊有什么关系，我想。包括我的姐姐，我经常听见她在夜里“咩咩”地学羊叫。她的叫声带着凹村野羊的味道。

我常常感到自己是个怪人。我的长相不像我的阿爸，也不像我的阿妈。有人说我是从一棵大树下捡来的。我问过我的阿爸、阿妈，他们有时生气，有时说是，他们说是时总是笑，让我分不清楚到底他们的话是真还是假。我也不像我的任何一个伙伴，我的皮肤太白，太阳怎么晒都晒不黑。伙伴们也好奇我这样一个人，他们经常在我脸上指指点点，他们指着我的眼睛说我的眼睛像乌鸦的眼睛，指着我的鼻子说我的鼻子像一只羊的鼻子。他们一本正经地在人多的地方对我的一张脸说三道四，他们在说我时喜欢分割我的五官，我骂他们，他们立马停下来捂着嘴笑。

回到那只猫。

那只猫颜色杂乱，黑、白、黄都有。黑的多一点，白的少一点，黄的颜色挂在尾巴上。

我想这是多么复杂的一次结果。

看猫时，我在分割一只猫的身体，像凹村人分割我的五官看我。

猫是不是也在分割整个我？它得出的结论是不是也和别人一样？

猫还看着我，目不转睛。这段时间，它隔三岔五地来看我。以前觉得，暗地里来看我的不会是它，我在想象另一种捉摸不定的眼神。

猫来看我的时候，没有任何声响。有时是在树杈上，有时是在一堵烂墙上，有时像今天一样在院墙上。

往常和今天一样，它离我远远的。没有一点想和我亲近的意思。但是它又不想离开我。

它的眼里装着我。

直到今天，我真正和一只猫对上眼之后，我后脑勺上的刺痛感减轻了，耳朵也不发烫了。我正对着它。我的眼睛痒起来。这是被那只猫硬硬的眼神刺伤的。

“别看我的笑话。”我对猫说。

猫硬硬地盯着我。

“杂交猫。”我冲猫吼。

猫“呼啦”一声，跳到院墙后面，跑了。

那只猫没有了。我到很多它喜欢待的地方找它，也不见它的影子。

我在一只猫的世界里消失了。

我想，我也该像猫一样，在凹村人的眼里消失好一阵子，让它们好好想想我这个怪人。

我的猫丢了。那只野猫丢了。

只有它们是夜的精灵

漫山遍野的磷火在一座山坡上漂浮，像无数的萤火虫在夜的背景下飞舞。

那时候的我，静静地坐在一条沟渠边，舍不得离开。

我想，如果我是其中之一，我会是哪一颗？

磷火漂浮不定，我刚觉得自己是这一颗，那一颗又飘过来花了我的眼。到最后，我想所有的磷火都是我，我是所有的磷火。

这样一想，我高兴极了。我想，在某一天我一定会自然而然地飞起来。现在，我可以练习飞的姿势，等待那一天的到来。于是，我绕着沟渠来回地跑，嘴里喊着："我会飞了，我会飞了。"

那晚，我没有看到磷火是怎样出现的。我一转头，整片山都是磷火了。那晚，我没等到一片磷火的消失就着急地回家去了，夜太深，我需要家。

从此以后，再没有磷火出现在我的生命里。那晚整片山的磷火，仿佛是我隔世的梦。

在过去的很长一段日子里，我的心一直失落。我在想，如果当初知道磷火从此会在我的生命里彻底消失，我会不会还惦记着那个深夜里的家，着急着离开？

我清楚地记得，那是凹村收割的季节。一梯一梯成熟的麦子对着无风的天空静默着。天黑得吓人，什么都在夜里失去了影子。只有我在夜的沉默中把那句“我会飞了，我会飞了”的话喊得响亮。只有满山的磷火活得自由自在。

那一晚，一只蛐蛐都没有抓住。是的，那晚我是专门为抓一只大蛐蛐跑进夜里的。

索昂说过，如果我连一只大蛐蛐都没有的话，还有脸活下去吗？他有一只又大又肥的蛐蛐，他把它养在一个小小的笼子里，有事没事拿出来炫耀给我看。

有一次，数学老师上课，他的大蛐蛐在抽屉里叫。大家都转过头看着索昂。老师走到索昂的桌前，让他交出来。他很不情愿地把小笼子放在了老师的手心里。

“他是不是每天都带进教室？”老师问我。我是他的同桌。

索昂看着我，他的眼睛里装着需要救命的眼神。

我完全可以出卖他。我瞪了一眼他，站起来对老师说：“老师，我是第一次看见这只大蛐蛐。”

索昂再没有说过我有没有脸活下去的话。他处处对我殷勤。但是，我还是想要一只大蛐蛐，比索昂那只还大的蛐蛐。

没有一只大蛐蛐和再没有看见一片磷火都让我失望。

我看见磷火的那晚，天气闷热。在那样闷热的夜晚，在家的凹村人是待不住的。他们习惯坐在门口，有一句没一句地闲扯。在没有月光的夜里，他们闲扯的话题都很大，什么一亩地能种出三千斤粮食，什么猪和狗能配出猴子的种，什么天上的太阳是最大的骗子。他们想在一个没有月光的夜里，把想说的话，说到最大。越是大，越能显示出自己的本事大。说这些话，谁都不觉得自己是在撒一个天大的谎。有一片死黑做靠山，谁都不怕谁。

我相信那晚，有人看见过那片磷火。过了很多年之后，我把大概的年份、季节、月份说给大概那时在凹村的人听，他们一脸疑惑，他们说有生之年，从来没有见过像我所说的磷火，况且还是漫山遍野。

我相信那不是他们的谎言。凹村人喜欢把什么都拿出来说，唯独我没有听见过有关漫山遍野的磷火的事。

漫山遍野的磷火或许真的是让我一人看见了。或许它们本身就只想让我一人看见。我想。

现在，在时间的磨砺中我渐渐成熟。我在思考怎么活的时候，我也开始慢慢思考我的死。

很多时候，死亡的影子无处不在。我看见过别人的死。

仁称阿爷连续十天在床上爬来爬去，吃不下饭的他，像一只蜘蛛，只有骨头撑着他的命。他呻吟着喊出很多东西的名字，那时他的话已经不像是一个人嘴里说出的话了。声音古怪，像来自一个深不见底的黑洞。他要的东西家人都急急地为他准备，把所有的东西一件一件交给他时，仁称阿爷呓语着把它们垒在床中间，对于瘦弱的他来说，那垒在床中间的东西已经是一个小山峰了。他白天夜里都围着小山峰爬来爬去停不下来。最后，仁称阿爷死在一个深夜里，死相难看，像一只蜘蛛死在自己编织的网里。没有挣扎。

他的七个儿女、八个孙子在埋葬他的时候，喜气洋洋。他们说只要人上了八十岁，就是喜丧了，仁称阿爷都快一百岁的人了，不需要伤心。

埋葬仁称阿爷的那天，整个凹村的人都在为仁称阿爷的死莫名地欢快。那一次我突然明白，死发生在别人身上时，永远是别人的死。

我见过一种最美的死法，那是一条蛇的死。我从来没有看见过这条蛇。我想它是在深夜闯进我的家。它围着我家的橱柜脚，一圈一圈地绕，绕到第四圈的时候，没再绕下去。它把头藏在橱柜阴影的地方，让人看不见它死的表情。它把整个光滑、油亮、饱满的肌肤裸露在明亮里，让我感到它生命的蓬勃。至于它为什么会选择死在我家，为什么会把一场死做得如此完美，这些都成为谜。

我越来越想念那晚的磷火。到处都是黑暗，只有它们是夜的精灵。

风过凹村

说凹村的风之前，得说说凹村的样子。

左右都是山坡，各不相同，也不对称，有高有低，有急有缓，最后殊途同归，汇集在硬板子山上。硬板子山偶尔长些杂树杂草，不长草的地方，露出白花花的石板。上了年纪的人说："这山老了，患上了白癜风。"不管是不是得了白癜风，硬板子山是凹村离天空最近的山，活在高处，过着神仙的日子。

凹村坐落在两坡之间，硬板子山之下，既像硬板子山孕育的种，又像两坡中生长出的苗。但归结起来，坡和山本身就是连体，断胳膊断腿的事情，说出去、看上去都不好。我想坡和山早就明白了这个道理，在日子里和平共处了下来，显得和和睦睦，招其他山体的羡慕。

有山体的呵护，凹村像宠儿一样，活得安然，与世无争。

站在远处看，凹村又是坡和山的隔，这隔不深不浅，不长不短地立在那里。有了这道隔，两坡种植的果树完全不一样。这点在春秋两季尤其突出。

春天，左坡的果树开花，右坡的果树还没有醒过来，等左坡花开得不想再艳了，右坡的花又开始开了；秋天，右坡种的果树都是不耐寒的种，叶子先黄，而左坡却绿油油的。活在凹村的人，记忆里总是觉得春秋在凹村待的日子很长很长，长得他们有时经常忘记还有夏冬两季的存在。

凹村的样子大概就是这样，没说到位的，你再去问问每天镶嵌在天上的云朵、星星、月亮、太阳，它们无事可做，观察得一定比我细微。跑边的话不多说，我们要回到风的主题上。

凹村，风是有性格的。高兴的时候从左坡来，不高兴的时候从右坡来，特别憋屈的时候，从硬板子山来，顺变捎些小石子下山。小石不争气，蹦跳两下，就被杂草荆棘给逮住了。

风，有没有同时从三面都来的时候呢？

“少，我活九十五了，只见过一次。那次，天阴得跟灶里的锅底灰一样，乌云压着地面，闪电发着怒火，一次次撕裂黑压压的云层。凹村生长在黑暗里，树枝发出折断的声音，木门用板凳抵着又被推开，窗户嗤嗤作响，房顶上的青瓦一片片被掀落下来，一朵朵黑云从有缝的缺口里钻进屋，寻找着什么。凹村的人躲在柜子里、床下，大人捂住孩子的嘴，不让哭出声，生怕被黑云寻了去。过了一个晌午，风嘶叫的声音减弱了，凹村的人悄悄从藏着的地方探出头来。天晴了，太阳高高挂在天空，地上乱七八糟的杂物，证实了刚才发生的一切。”老人说完，思想还停留在那场大风中，收不回来。

凹村的风，吹老了一代代凹村人，又迎来一个个新生命。它留给凹村人的不只是记忆，还有一些渗进骨子里的东西，抹不去，忘不了。

吼　声

风，天生是捎信儿的种。在凹村，泽郎破沙沙的吼声，最能说明这点。

“眼睛大，嘴巴大，鼻子大，里里外外不消停。”不知道哪辈祖宗留在凹村的话，用在泽郎身上，简直是贴身。泽郎的爷爷长成那样，父亲长成那样，现在的泽郎也长成那样，村里人都说："泽郎家下的种干净，不像有些家，到哪一辈就长得祖宗不像祖宗，阿爸不像阿爸了。"种纯，是夸奖泽郎家，他走在人前人后都为此很是得意。泽郎得意的还有件事情，就是他遗传的破沙沙的嗓子。这样的嗓子养活了他的爷爷、阿爸，到他这里，又养活了他。当然，他心里亮堂着，除了遗传，他还应该感谢凹村的风，要不光靠嗓子的力气，是不够的。

泽郎的嗓子，对于在煤油灯下过日子的人来说，是非常重要的。凹村人称泽郎叫"吼声"大哥。但凡凹村有婚丧嫁娶之事，都叫他来打理。以前也有几个凹村男人想当"吼声"大哥，可试过之后，不是喉咙破了，就是嗓子哑了。只有泽郎一直坚持着，而且越吼嗓子越响。

泽郎说："这都要归功于凹村的风。我是个会借风传信的人。"

怎么个看法，他说只要在他前面，站着一棵有叶子的树就可以了。树叶左偏，风来自左坡，他的嗓门就往左吼；树叶右偏，他的嗓门就往右吼。风是有脚的，跑得比兔子还快，捎信的速度自然快。

在风中，泽郎破沙沙的声音，越来越有味道。他知道哪个字被风带到哪里会绕个弯，那个字他就会拖得长长的；哪个字被风带到哪里，会窜进葡萄林，他就吼得粗些。

“酒摆起，烟散起，远方的贵客，莫客气。鞭炮响起，筷子动起，宴席走起。”风把他的话，捎到每家每户的窗户里，不多一字，不少一字，凹村人总是能按着时间去赴宴。

风，有时颤悠悠的，泽郎的吼声也跟着颤悠悠的；风，有时急躁躁的，泽郎的吼声也急躁躁的。远近几个村子的“吼声”大哥，都没有他的声音好听。

泽郎说：“我这辈子一直会走在风里，让凹村的风，养活我。”

风的消息

一到收割麦子的时候，凹村人都盼着风。

风从右坡刮来，右坡的麦子摇摆着苗条的麦秆，一个劲儿地往左坡扑，扑不过来的，又等着下一场风。扑的痕迹，像流淌着一条条金色的河水。

风，把成熟的麦子香带进村人的鼻孔里。风香了，凹村人开始张罗着镰刀、勒皮之类的家什。风越大，垂着头的麦穗离壳就越快，麦秆子也干得越快。

风，像听话的娃，没日没夜地吹，吹熟了庄稼，吹暖了凹村人的心。

收割的日子，太阳挂在空中，麦子在阳光下金灿灿的，凹村人的额头冒着亮闪闪的一颗颗汗珠子。风，翻越左坡，拂过麦地，盘旋在收割人的身边，汗珠子吹凉了，背心的热气吹散了。收割人拿着镰刀，站立在风中，会心地笑一笑，麦浪也跟着欢蹦起来，相互间发出“哧哧”的笑声。

妇人们在院坝中间，摆放好长凳，男人们抬出平坦的石板，架在木板凳上。麦穗跟着风一起走进院坝里。背麦穗的人，一股劲儿把麦穗倒在地上，风也跟着一屁股坐下。打麦穗的事情交给男人，背麦穗的事情让给妇人去做。

男人在阳光下，举起一把把结实的麦把，“啪啪啪”地摔在石板上。麦粒脱壳而出，散落在院坝里，男人的身上。听着“唰唰唰”地掉落声，男人使的劲儿更大了。黝黑的肌肉一次次鼓起来，又一次次消下去。风一阵一阵地拂过，像抚慰麦粒的疼痛一样。

这个季节，凹村每户人家的高墙上，都用竹竿撑着一件小孩子的破衣服。凹村在秋季，远远看去，人丁兴旺。

高墙上的破衣服，是用来观察风的动向的。风从右坡来，凹村人就把簸箕里的麦粒，朝着风来的方向，"哗啦啦"地倒下。风中，麦粒和壳迅速分离开来，麦粒掉在脚边，壳顺风吹远一节。见高墙上的破衣服在风中改变方向，立马将掉在地上的麦粒和壳收拾干净，又重新端一撮箕的麦粒，朝着风来的方向，"哗哗"倒下。

好事的村娃们，有时爬在院墙上，风还没来得及赶进院坝，就指着风来的方向，大声喊："风来了，风来了，风刮弯了梨树的腰。"村娃的话音刚落，端着撮箕的人，多出几个。风一来，一起"哗啦哗啦"地把麦粒倒下。有些上心的村娃，每天干着看风的事，麦粒也可以提前打整干净，尽早入仓。

凹村，人们把牛当人养着，但是牛干不了的事，风却能干。风是不说话的人。

秋天，风的消息，对于凹村来说，很重要。

松保的媒人

左坡刮过的风，细的时候，头到右坡了，尾还在左坡；右坡刮过的风，宽的时候，走到凹陷的地方，就走不动了，让左坡的果树伸着脖子等；风从硬板子山来，一般都是乱着身子，硬生生地冲到凹村公社的院坝里，吹得那面整天挂着的彩旗一个劲儿地嘚瑟，发出求饶声，才又绕着身子，没头没脑地散去。

松保信仰风，风是他的媒人。

右坡脚下，李表叔家养着一个姑娘叫李幺妹，二十出头，模样乖巧,针线活做得细致。村人传言,李幺妹绣搭搭帕上的凤，会飞；绣鞋垫子上的花朵，能散发出真花的香味。眼下，李幺妹到了婚嫁年龄，远近村庄还没有娶上媳妇的男人们，心慌得厉害。男人心一慌，媒婆们的脚就忙个不停，李幺妹家的门槛都快被媒婆踩断了。

李幺妹很少出门，整天关在屋子里绣花。花是给谁绣的，李表叔弄不明白。

李幺妹没啥文化，这和那个年代重男轻女有着千丝万缕的关系，她不怪阿爸。她心里装着的东西丰富着嘞，这从她绣的花花朵朵就能看出来。她没有出过远门，只认识凹村的人，她不想离开凹村，去和一个不认识的人结婚生子，她要守在阿爸身边，守着凹村过日子。不过，这些话，她藏在心里，不好意思给阿爸说。

“提亲？给李幺妹提亲？我心尖尖上都不敢想的事情。要长相，我在凹村急着结婚的男人中间，排不上号；论家业，我家除了一头会耕地的老牦牛，啥都没有；我就是站在山坡坡上看媒婆奔走的命。”松保说。

“不过，我命中有福。”说到这里，他抬起头，看着那片固央的玉米地，若有所思地说：“多亏那场风呀。”

那场风，来得很乱。树左偏一下，右倒一下；吝啬鬼普措家锅灶里飘出的炖野鸡的味道，被风吹得全村都是；仇人措姆和大扎西家烟囱里冒出的青烟，亲亲热热地搅在一起，两家却全然不知。在风中，最起劲儿叫唤的是那片固央的玉米林，像大渡河夏季涨水一样“哗啦啦”地来，又“哗啦啦”地去，一声比一声粗狂。

风来得急，我躲闪不了，放下背篓，坐在玉米林里，看着玉米秆稀里哗啦地倒下去，风一停，又稀里哗啦地站起来，这声音很整齐，像训练过一样。这时，我听见玉米林里窸窸窣窣响着声，这和整齐的风声不同，接着前方的玉米林摇晃得厉害，心里生起一些可怕的东西来。我站起身，吼到：“谁？”刚才摇晃得厉害的玉米林，停止了晃动。“我来找被风吹走的搭搭帕。”声音胆怯。一阵响动之后，李幺妹出现在眼前，玉米花的花粉粘在她头上，头发在风的作用下，有些乱，脸红红的。风还在一个劲儿地吹，密密的玉米林，响动异常厉害。

有关那天玉米林的事儿，松保不说了。总之，李幺妹最后成了她的老婆。

“风是俺的媒人。虽然，俺没有像真正的媒人一样，在大喜的日子里，给风送上一个猪脑壳，但是，俺会像供菩萨一样，对待风。”松保说。

离奇的事儿

缺失的东西，让风补一补就好了。这是凹村人认定的理儿。

凹村的风，有治愈缺失的功效，这话说到哪儿，或许都会成为笑话。但凹村人却祖祖辈辈记着。

左坡的根，源至大渡河的上方，地势平坦，且靠着东方，日照时间长；右坡的根，源至大渡河的下方，地势陡峭，且靠着西方，日照时间短。再因硬板子山的偏袒，左坡就更显阴凉了些。阴坡、阳坡的说法，在日子过着过着中就被凹村人认可了。

左坡日照时间长，自然就是阳坡了，右坡便是阴坡。阳坡的风，从平坦的地方起，温温柔柔；阴坡的风，从陡峭的山崖来，像刀子一样，刮得人脸痛。阳坡植被丰茂，阴坡植被矮小。

说了这么多阳坡的好，那为啥在阴坡居住的人只见多，不见少呢？说来，不怕外村人笑话，这和风有关。

和风接触的时日多了，你就会明白，风是一件离奇的东西。它悄无声息地在你身上做着手脚，你却全然不知。

在凹村，阳坡的姑娘往往只往阴坡嫁，阴坡的姑娘往往只往阳坡走。也有留在本坡或走出凹村的，但到最后都变得丑模丑样，不敢见人。

凹村人爱凑热闹，就连种庄稼这样的事也不例外。凹村的土地，是凑着身子一坎一坎往下沿的，长短宽窄不一。谁家的人多，地就多。多并不是无底线的多，分到一定时候，你家还有小的就把她当作“黑人”了。“黑人”就是没有地的人，我就是我们家的“黑人”。凹村人不懂什么大道理，他们懂的道理都是外人觉得鸡毛蒜皮的事情，比如干活时，不能将撅起的屁股对着别人的头。

阴坡、阳坡的土地左右相连，为了避免干活时，屁股对着别人，那就只有头对着头做事。左往右走，右往左走，干到一定的时候就遇见了。遇到一起，大家不免相互坐在水沟边寒暄几句。日子就这样过着，时间一久，凹村人发现阴坡、阳坡人的脸，发生着微妙的变化。阴坡人的右脸红润，阳坡人的左脸红润，只有两坡人合在一起，看着才感觉是张完整的脸。看习惯了，两坡人倒也不觉得别扭。可遇上全乡开会，那些奇奇怪怪的东西就露出来了。后来为了调和左右脸色的不匀称，凹村就形成了阴坡往阳坡嫁、阳坡往阴坡娶的习俗。

当然，这都是凹村姑娘们做的事情，男人们不在乎这些。所以凹村的男人是远近出了名的阴阳脸，丑到深处，爱恋的人却越来越多。

一些缺失的东西，用风补一补就好了。

凹村人说的是女人们的脸。

房屋里的麻雀

只要是鸟，都能飞进我心里。

阿爸去世的时候，喇嘛占卜说，阿爸在阴阳转世中，首先会变成鸟。不管真假，我们都信。于是，一家人对鸟特别亲近。

凹村最常见的鸟有乌鸦、喜鹊、麻雀。

乌鸦到处都不受人喜爱，我们这里也一样，一听见它呱呱的叫声，村里人的心就堵得慌。大人用吼声驱逐它，孩子们用树杈做成的弹弓打它。不知道是不是这个原因，村子的乌鸦少了，寥寥飞来几只，也都是匆匆飞去。喜鹊的叫声干脆利落，长长的尾巴，黑白相称的羽毛，还有那乖巧的小嘴，总是让人一见就上心。冬天，果树都变成了秃头，一群群的喜鹊栖在树枝上轻轻地摆动着树枝，清脆地叫着，叫得光秃秃的大树更显孤独。大树一摆动，机敏的喜鹊又扑棱棱飞到另一棵树上，继续唱着它们的冬歌。无论春夏秋冬，麻雀是村子里最常见的，它们成群结队地活动在树林里、杂草中、菜地里、房檐上。麻灰的身体，灵巧极了。

这三种鸟，要数麻雀最讨我欢心了。

老家房子修砌在田地边，四周种了各种果树。每天清晨的睡梦里，就有麻雀的叫声闯进来。日子一久，也就习惯枕着它们的叫声酣睡。阿妈一生勤快，看不惯我贪睡的样子。小时候，每次叫我起床，总会说："你听听，窗外的麻雀叫你起床，叫得嘴都酸了，你也不心疼它们。"

房子的阁楼不用钢筋水泥，而是用木头，称之为房梁。房梁隔一米架一根，齐齐整整地排列着。房梁上面铺放着木板，经过木匠的加工处理，最后变成了楼板。人行走在上面，发出一声声空响。我住的房间在二楼，并排的两间房的中间隔着木板，不隔音。因为房间通风好，阿妈在房梁上钉了一排密密麻麻的钉子，杀完年猪，把新鲜的猪肉挂在钉子上，直到差不多干透，才拿到另外一间比较阴暗潮湿的房子储存。每年如此。

自从参加工作后，我的房间住的次数少了起来。窗户的玻璃由于山风的作用，被打碎了一扇半，剩下的半扇牢牢地镶在那里，不掉也取不下来。不过，在这里晾晒新鲜肉的习惯一直没有改变过。

一次回家，阿妈坐在院坝里，阳光把阿妈的额头照得亮堂堂的。阿妈告诉我："不知道什么原因，今年的肉晾在房间里，出现了异样，每块肉上面都有一些像蜂穴一样的小孔，显得不好看。或许是老鼠窜出洞啃的。等过两天，忙完地里的活，就把这些肉收拾进另一个屋子里，储存起来。"

夜里，我看完电视回房间，听见有鸟叫声，推门进入房间，看见有两只麻雀站在窗槛上，一只站在悬吊着的半扇玻璃上。窗槛上的两只麻雀见我进来，愣了愣，"唧唧"叫上两声，匆忙飞走。而站在半扇玻璃上的那只麻雀却没有着急离开，它歪着头，转动着圆鼓鼓的大眼睛，盯着我看。这只麻雀的脖子上，有一小撮白色的羽毛，远看像带着白色项链。见它不怕我，我也歪着脖子盯着它，盯着盯着，它像想起什么似的，扔下几声叽喳声，从破窗户里窜了出去。看着这可爱的小家伙，我心里不由得兴奋起来。

我始终没有改变爱睡懒觉的习惯。阿妈知道我难得休闲，也不再来叫我起床。阳光透过窗户，安然地躺在地板上，像熟睡的婴儿一样乖巧。我懒懒地把头缩进被窝里，继续酣睡。梦里，我又听见了麻雀脆脆的叫声。我悄悄地把头从被窝里露出来，才发现房间里又来了一群麻雀。有几只正附在悬挂的肉上面，啄着肉。有一只吃饱了的麻雀飞落在被子上，一边叽叽地叫着，一边在被子上走动着。接着又有一只麻雀从悬挂的肉上飞到我的枕边，它垂下头，用小嘴衔着我的头发，东张西望。这时，它脖子上那撮白色的羽毛，出现在我的眼睛里，原来它就是昨晚的那只麻雀。这只小麻雀，竟是一只调皮蛋，看见另外一只玩得欢，扔下嘴里的头发，向着那只麻雀跳去。两只麻雀的体重真轻，我藏在被子下的身体几乎无法感觉到它们。我不想打扰它们欢愉的时光，不动，呼吸也变得小心翼翼。肉上面的麻雀越来越少，它们吃饱了，飞下来，嬉戏着，站在破窗户上歌唱着。那只脖子上戴着项链的小调皮，飞到镜子面前，对着镜子里的自己左看看，右瞧瞧，臭美着。当最后一只麻雀从肉上面飞下来时，所有的麻雀叽叽喳喳地从破窗户里扑棱棱飞走了，身后留下一串串欢快的叫声。

以后的几天，麻雀们依然来，三只、四只、五只……那只脖子上戴着项链的麻雀从来没有缺席过。

我把这件事情告诉了阿妈，阿妈却说："那就让肉挂着，免得它们去吃别人的庄稼。”

我们都知道，阿妈的心里一直没有忘记喇嘛的占卜，她期盼着那群麻雀中，会有一只是阿爸的转世……

或许，就是那只脖子上戴着项链的麻雀。

不做修饰的老

“我想去看看那块地。”阿妈坐在门口的树荫下，说着慢慢站起来。

我知道我拦不住她。

她一只手扶着墙，一只手在裤兜里找着钥匙。红红的樱桃在她头上被风吹得左右摇晃。

“钥匙呢？怎么找不到了。”她焦急地喘着粗气。自从她站起来，两只脚就一直颤抖。脚一颤抖，她单薄的身子便在风中抖动着，越来越快，越来越快……

我急忙走过去，先扶着她，再去帮她找钥匙。我的手在她裤兜里摸索，我感觉到那来自阿妈身体里的颤抖，有股很强大的力量，它掌控者着一个老人的躯体。

“有没有？”阿妈低着头问我。她的话一个字一个字从嘴里传出来，颤颤地。

“找到了。”我回答。钥匙就在阿妈的裤兜里，她却没有力气从里面找出来。

我扶着阿妈进门，她从床边取了那根去年给她买的拐杖就准备出门。我让她等等我，我来锁门。

“不用锁了。家里也没什么。”她拽着我的手，往外走。她很急，她是怕我反悔，不带她去看她想看的那块地。

一出门，阿妈要自己走，她说她有那根拐杖就行了。她松开我的手，我的心里顿时空空的，像丢掉了什么。我明白，阿妈是不想让人看见她又是被我扶着又是拿着拐杖的样子，她给我说过，那样显得她太老了。

我老让一个真正老着的人害羞。

阿妈走起路来，脚抖得不是很厉害，一旦停了，又抖起来。于是，一路上她虽然走得不是很快，但一直没有停下来。

我们终于到了那块地的下面。

“今天运气真好，路上没遇见一个人。”阿妈转身对我说。她满头是汗，深陷的眼珠在汗水下面充满生机。

阿妈的颤抖是从去年开始的，她尽量藏着这件事情不让村里的人知道。

接下来的路不好走了。与其说是路，不如说是陡坡。这里很久没人走过，又窄又滑，到处长着草。

阿妈试着自己上去，试了两次，她放弃了。

“看来我真的是太老了。”她沮丧地说。

我从陡坡上方看阿妈，阿妈的整个身体都很小。

阿妈示意我下来点儿，她把一只手交给我。她的手心里全是热汗。我握着阿妈的手，走在上面拉着她。阿妈又颤抖起来，她往前走一步滑下去，走一步又滑下去。

“不去了。”我对她说。我心疼阿妈。

阿妈扔掉手里的拐杖说：“这样试试，这样应该行。”她说。

她把双手都交给了我。她从来就没有把双手这样迫切地交给过我。我紧紧地握着她的手，看着阿妈的坚持，我无论如何都要把阿妈带到那块地里。那块地里满是樱桃树，是她和阿爸很多年前种下的。

阿妈的手像铁。她用力地握着我的手。

我们还是没有成功。阿妈失望地坐在地上，一直沉默。她沉默时，额前的白发如正在融化的一汪残雪。

“我年轻的时候，一天可以来回好几次乌拉山，如今这样的一个坎就把我困住了。”阿妈沉默之后的声音有些沙哑。

听阿妈这样说，我一阵难过。除了难过年老的阿妈，我也难过自己的无所适从。

“等等我。”我对阿妈说。

我跑起来。往家的方向跑起来。在奔跑中我对自己说：“阿妈，等等我，等等我，我会让你看见那块地，会的。”

我从家里取了一把小钉耙。气喘吁吁地再回到阿妈面前，我举着它说：“看，我有办法了。”

阿妈高兴地杵着拐杖站起来，她知道我要做什么，不断地夸我：“这办法好，这办法好。”

阳光火辣辣地照着我们。我在一片陡坡上为阿妈挖着一个个能放上她双脚的小阶梯。

阿妈拄着拐杖站在旁边看。我挖好一个，她把双脚踩上去试一下。浅了，不够宽了，她退回去，让我重新修整一下。

“这条路除了我们要走，还有其他人要走。挖好点，让大家都走得踏实。”她说。

还有一个阶梯就到了。

“看，那棵是我和你阿爸种下的第一棵樱桃树。叶子还那么绿。”她指着一棵樱桃树说。

满树的樱桃在阳光下散发着珍珠般的光亮。我继续埋头挖小阶梯。我想尽快给阿妈挖好阶梯。我的手掌心火辣辣地疼，摊开一看，掌心里全是水泡。

阿妈终于可以走到那块地里了。她拄着拐杖径直朝那棵樱桃树走去。她的全身都在颤抖。满树红红的樱桃和树叶都在向她摇摆。

整片地都荒芜了。阿妈在一片荒芜中显得格外孤独。她慢慢地走着。许多干枯的杂草沾在她的长衫上。她摸摸这棵树，拔拔那棵树下的草。最后她放弃了拔草,草太多,她已无能为力。

我没跟着阿妈走进那片荒芜中，我想这个时候，阿妈需要一些独处的空间和时间去消解内心的情感。

很久，阿妈才从那片荒芜中走了出来。

山雨说来就来。天空已有一层厚厚的乌云压在我们头上。

“走吧，再不走雨要来了。”阿妈说。

下坡滑。阿妈把一只手交到我的手里。她一步一步地走在我刚才挖好的小阶梯上，有几个阶梯上掉着没有清理干净的杂草，她弯腰拾起扔在旁边。

“这下好了。”她欣慰地说。

我紧紧地牵着阿妈的手，生怕她滑倒。小时候，阿妈也是这样紧紧地牵着我的手。以前，她总是走在我前面，我总是跟在她后面。如今，什么都反了。阿妈像个孩子，我走在阿妈的前面，得好好握住这双手。

然而，一过这条陡坡路，阿妈松开了我的手，她急急地在我前面走，她走得并不好，歪歪斜斜，气喘吁吁，她怕在一条走了几十年的路上遇见熟人，她想把自己的老继续隐藏。能隐藏多久就多久。

心升悲凉。但让我安慰的是，我还能一直在背后看着阿妈的老，只有在我面前，阿妈才没有把她的老做任何的修饰和隐藏。

悄悄长出来的人

凹村，有手艺的人不多，尼玛编背篼，拉卓绣花，高石匠打石头。

有手艺的人，在凹村，处处受到尊重。红白喜事，主管把他们安排在最先上菜的地方，农忙季节，凹村人宁可不忙自家的，也要先忙完这几个人的。老狗从来不咬这几个人，凹村里的回旋风，从来不会刮走这几个人的一件东西。

有手艺的人，辈分管在那里，老老小小喊他们时，那些打鸡骂狗的把字句，似乎在自家的风斗里过了一遍，变得干干净净。手艺人在辈分面前，要有手艺人的样子，手背着，腰挺着，话不多，一旦说话就得有分量。

手艺人生下来时，和凹村的人没啥区别，解大便喜欢跑到猪圈里，边让猪拱屁股，边排泄肚子里的杂物；手艺人也读过两天书，那个在凹村待了一辈子的教书匠，也让他们学会了唱读；手艺人最先也玩过那些偷鸡摸狗的小把戏，也挨过凹村大人的“黄金”条子。

可是不知道什么时候，手艺人就在同辈里悄悄地长得不一样了。这种不一样，凹村人最先不知道，只有他们成为手艺人之后，才发现。

训责过手艺人的大人们开始不好意思，想方设法找机会给手艺人道歉：“当年，地里的莴笋吃得多了，把眼睛雾到了，看不清你的本事。”说着，拍拍手艺人身上的灰，捡捡落在手艺人肩膀上的断头发。

手艺人嘴上答着没事儿，没事儿的话。但有没有事儿，他们自个儿心里早就有把秤。手艺人心里记恨着的那家来请做活儿，他们会找很多理由拖延。树长叶子了，需要休息几天。老鼠吵着他睡觉了，白天的精神老不好。今天挂历显示，不利于动工。老母猪快下崽子了，猪圈里需要个人手。

脸皮厚的凹村人，心里亮堂着。自己一定是做了不好的事情，得罪了手艺人。他们厚着脸皮，去找手艺人。

树叶发芽了，就买双手套去护着手艺人的手。老鼠吵到手艺人了，就主动把自家的猫抱去几天。老母猪需要伺候，就派自己的老婆去伺候老母猪。

所有的事情都帮着手艺人解决了之后，也不说什么，有事没事到手艺人家里坐坐，没什么好摆的，干坐着都行。手艺人过意不去，只有答应他们家的活。这一答应，脸皮厚的人，才嬉皮笑脸地离开，手艺人才得以清静。

也有些脸皮薄的人，拉不下面子，硬着头皮去做手艺人的活，做出来四不像，家里的人就埋怨他平日里不小心，不该得罪手艺人。

手艺人是悄悄从一群娃里长出来的，谁也不知道谁会是下一个凹村的手艺人。

后来，凹村人对待娃们，都比以前客气起来，生怕自己一不小心，又得罪了一个手艺人。

盼　头

凹村人一年四季都生活在盼中，盼着水牛下崽，盼着儿女长大成才，盼着蜜蜂产更多的蜜，盼着肥地里的庄稼产量高过前一年。有的盼，如愿以偿；有的盼，等来的却是失望。尽管失望，凹村人在盼方面的精力从不减退，他们最爱说："有盼头，就有希望。没有盼头，就跟枯死的树桩一样，再无回天之力了。"

对有希望或没希望的东西，都撒下盼的种子。这是凹村人的性格。

小时候，我对两棵橘树有过盼头。这个盼头扎在我心里根深蒂固，梦里总爱梦见我的盼头成真，然后甜甜地从梦里醒来，望着窗外的橘树发呆。夜沉下去，我的盼头便掉进水缸里。

凹村很少有这样的橘树，橘苗是阿爸从一个汉源人手中花了两元钱买过来的。当时的两元钱，可以买二十颗水果糖，买一斤挂面、半斤米，这些都是我们平时奢望的东西，阿爸却毫不犹豫地买回来两棵橘树种。我偷偷听阿妈在锅灶前埋怨阿爸，阿爸说：“孩子们稀罕橘子，给他们种上，让他们以后把馋肚子填得饱饱的。”

橘树种在后院里，苗细，几片叶子绿油油地长在上面。家里刚好有两个露底的花篮子背篓，阿爸用背篓盖住苗。盖好以后，他松了口气，对着苗说：“这下安全了。”我站在旁边，踮着脚看里面的橘树，也学着阿爸说：“这下安全了。”

后院是我经常出没的地方，没事儿就到里面挖挖蚯蚓，捉捉虫子。后来多了一项玩的，就是从露底的花篮子背篓里看看藏在里面的橘树。那几年，橘树长个儿，我也长个儿，那些垫着脚尖看橘树的日子一天天悄然离去。

一天，我发现罩着橘树的花篮子背篓长高了，正好奇，再仔细一看，长高的原来不是背篓，而是里面的橘树把破背篓撑高了。我跑回去告诉阿爸，正在厨房里忙碌的阿爸擦着手和我一起来到后院，揭开背篓，弯曲着腰的橘树，在风中扬起头，惬意地摇摆着脑袋。

“是时候让它在风中长大了。”阿爸说。

见着阳光和风的橘树，像是吃着、喝着有营养的食物一样，一下子长高了。看它，我只能仰着头。我有些不服气，明明是我看着它长大，为啥它就比我高了呢？阿爸说：“人是长不过树的，树的理想在天空，凹村人的理想只能靠着土地走。”

第二年，橘树结果了。果不多，稀稀拉拉十几个，果的颜色由深绿慢慢变成橘红时，橘子成熟了。馋嘴的我偷偷咽过很多次口水，终于等到采摘橘子的日子。

我拿着竹篮子，阿爸抬着木凳，姐姐和哥哥抬着头看着阿爸摘果子。橘子一个个放进竹篮里，我们三姊妹心里的慌劲儿实在控制不了，动手就往竹篮里面抓。“等等，你们这些不懂事的孩子，头年的果，小孩哪能吃，吃下了你的肚子里会长出橘树。”阿妈的吼声从堂屋里传出来，我们立即住手，眼巴巴看着阿爸提着橘子进屋。

堂屋里，阿妈在家神前的供桌上点了油灯，三根香插在一块土豆上。原来阿妈没有跟我们去后院，在家里忙着这些事情。可点灯烧香是初一、十五的事儿，今天不是初一、十五。“初年的东西，先得由家神尝，没有家神菩萨的保佑，我们哪能过得如此太平。”阿妈说着，拿来盘子，将竹篮里的橘子装进盘子里，供在家神面前。那段时间，我白天夜里盯着家神看，盘子里的橘子还放在那里，我觉得家神不喜欢吃橘子，要不怎么摆上去几个，过了十几天，那几个橘子还在那里。家里没人时，我站在家神面前，偷偷问过家神菩萨："您是不是不喜欢吃，不喜欢吃的话送我吃好不好。"家神菩萨不说话，笑眯眯地看着我。小手不自觉地伸向盘中，突然想起肚子里会长出橘树来的事情，吓得又缩了回来，终究没有再打橘子的主意。

那一年，我在盼中度过。阿妈说过，第二年的橘子，由着我们敞开肚子吃，从第二年开始，吃的橘子不会在肚子里长出橘树出来。

第二年春天，橘树又长高了一大截，茂盛的枝叶上开出了许多雪白雪白的花。阿妈说："今年的橘树不得了，开出的花朵远远超过多吉家的那棵大橘树。"我不喜欢花，盼望着从这些白艳艳的花朵里快快长出我的橘子来。

那段时间，阿妈、阿爸忙着地里的活，姐姐、哥哥忙着上学，他们似乎都不关心橘树，只有我，天天盯着橘树看。日子在盼中，像被风拖住了腿，过得很慢很慢。

毫无疑问，我是第一个发现橘果红的人。最初的红只有一个，然后，每过一夜，就多几个，到最后，满树都红了。"馋嘴的娃儿们，吃吧，别撑破了肚子。”阿妈允许我们吃时，我们各自拿着小凳子，摘一个，站在凳子上吃一个。阿爸、阿妈也吃。那天，我们一家人没有吃下午饭，肚子里全装着橘子。

后院的橘果和凹村多吉家的不一样，皮薄得跟纸一样，肉肥味甜。多吉不服气，村里人聚在一起时，就爱说上两句酸溜溜的话：“他家的橘果不甜，就亏了他刘四爸花的钱了。”

两棵橘树一年比一年结得旺盛，跟比赛似的。有心眼的村娃们开始对着满树的果子动歪念，看见俺家大门上着锁，就爬到树上，吃个饱。我们全家都知道这个事儿，阿妈、阿爸却不管，说：“吃吧，满树的果子，我们也吃不完，分给别人吃些，免得他们馋着。”

那年春天，瓢泼的雨下个不停。村人说：“什么东西都会用旧用破，今年的天是用破了，破了的东西就要补，可这天怎么个补法呀？”凹村人开始每家每户在家神上点灯上香，盼着凹村每家每户的家神能聚在一起，想想办法。

那个春天，村人们盼的东西，令他们失望了。或许家神也没想出办法，补上用破了的天。凹村人不怪家神，毕竟是天那么大的事情，办不成，大家都情有可原。雨整整下了两个月，大沟里涨了泥石流，冲走了庄稼，斜坡垮了。一块块石头朝凹村飞奔下来，尼玛家的牛死在那场垮塌中。我们家的青瓦在雨中慢慢滑落，水从漏洞流进屋里，阿妈用上家里所有的家什去接天上的雨。后院的墙也塌了，开满花朵的一棵橘树被压在泥墙下。

人们盼着雨停，在那些日子里，人们担惊受怕，不敢伸出脖子去看天，生怕头伸出去，天垮下来，压着自己。

天还是被补上了，凹村人愿意相信是家神用了很长时间补上的。为了犒劳家神，太阳露出笑脸的那天，家家点上了香和油灯。

那场雨，不得不让我们搬家，回到以前阿奶住过的旧房子里。阿奶住过的旧房子，竟然在那场雨中，安安稳稳地保留了下来。

门前有个小院，阿妈、阿爸割掉荒芜的杂草，用锄头重新翻了一下死土，那块院子又活了过来。

阿爸说："我要把那个遗留下来的橘子树移栽到这个院子里，这个院子安全，不会再有泥墙垮塌下来了。"我们都同意。那棵橘树种在了大门口，我们时时都能看见它。

可是，从那年起，橘树不长个子也不结果了。以前翠绿的叶子也变得稀稀拉拉，树干裸露在外面。冬天，看着让人心里一阵一阵地凉。但它一直没有死去，直到二十年后的今天，还活在大门口，守护着那间破旧的老屋。

后来，我得知，树也分公母，我不知道在那场雨中，埋在泥墙下面的是公树还是母树，总之失去了另一半，该是多么痛苦的事情。长久以来，这棵活下来的不开花、不结果的树，承受着多么痛苦的记忆啊。

我依然盼着大门口的橘树能结出橘子，虽然我知道，我的盼也许一直会空。

盼，是凹村人的习惯。

熬不过的坎

“熬不过了。这个坎，很多人都熬不过。”坎就是老人们嘴里的冬天。

果真，阿爸没有熬过冬天。冬天，在阿妈的心中，是一道永远愈合不了的伤口。

这个冬天，阿妈病了，阿妈的第一感觉就是和阿爸一样，熬不过这个坎。当我把很多检查单堆放在医生面前时，阿妈显得很紧张，她看看医生，又将眼神挪到那堆检查单上。医生把检查单反复看了又看。阿妈坐在对面，一动不动，一双凹陷的眼睛注视着那位脸庞清瘦的医生。阿妈活在自己的世界里，知道自己的病只是伤风感冒时，长长地叹了口气。她缓慢地站起身，用手轻轻捶了捶酸麻的脚，自言自语地说："这脚，冬天就不是自己的了。"

阿妈躺在病床上，输液瓶中的液体一滴一滴缓慢地滴进她的身体，她微闭着双眼。我以为阿妈睡着了，正准备为她盖严被子时，她对我说："昨晚，我梦见你阿爸了，他坐在我身旁，不说话，看着我，看得我心里暖暖的。"阿妈脸上露出一丝少女般羞涩的笑。我抚慰着阿妈，告诉她好生养病，以免阿爸担心。"冬天，是个坎。这个坎，我不知道哪天就迈不过去了。"阿妈说着把脸陷进枕头里。我想到阿爸离开的那个冬天。那个冬天让阿妈体会到了严寒的刺骨和内心彻底的冰凉。在阿妈心里，冬天已经在她这一生里结成了一个谁也解不开的结。

病痛让阿妈变得异常脆弱，这和平时的她判若两人。坐在阿妈身旁，心中的酸楚不言而喻。急速的咳嗽声，让病床上的阿妈微微地颤抖起来，我急忙将阿妈从病床上搀扶起来，轻轻地为她捶着背。阿妈的脸在一阵咳嗽声后，变得红润起来。"喝杯水吧？"我问阿妈。阿妈不说话，微微点了点头。因为虚弱的原因，水杯在阿妈的手中微微地晃动着，杯中的水也跟着晃动起来。"我喂你吧？"这句话卡在我喉管处，最终没有钻出我的口。

转过头，窗外飘着大片大片的雪花，每一朵雪花经过病房窗户时，似乎都好奇地往阿妈这里看，似问候，似关切，然后悄悄地飘落下去。

雪的世界，一片纯洁。

“那个冬天，也有雪。”阿妈淡淡地说。我回过头，发现阿妈也盯着窗外纷纷扬扬的雪花。我知道阿妈说的是阿爸离世的那天。“那天的雪，很浅，很薄，一碰就碎。”阿妈说完，将身体慢慢靠在后面的墙上。

那是一个古怪的冬天，每天艳阳高照，照得人心里明晃晃的。

可就在阿爸去世的那天，一夜满天星辰之后，地上铺了一层薄薄的雪。这个突来的景象，让很多人都觉得像做梦一般，犹如阿爸的去世，也像做梦一般。阿爸的遗体停放在有雪的小山坡，三天之后一座小土包堆放在那里，孤孤单单、安安静静。远看，像一个孑然的身影守望着远方。

“如果有一天，我熬不过那个坎，你记住，把我放在你阿爸身旁，挨得紧些。”阿妈的头靠在墙上，蓬松的头发里露出根根白发。身后灰色的墙壁把白发映衬得更加鲜明。“那是多遥远的事情。”我不敢正视阿妈的眼睛，装着帮阿妈整理脚下的被子。

“你阿爸一定是想我了，他在小山坡上待太久太久了，一直很孤独。”阿妈眼睛一直盯着窗外。

雪，纷纷扬扬。

阿爸住着的小山坡也有雪了吧？雪覆盖了山尖、大树、荆棘、小溪。

“院子里的茶花，正开着。你阿爸喜欢茶花，我也喜欢，种在小山坡上，有雪的时候，花儿在雪中开放……”咳嗽声打断了阿妈的话，我急忙帮阿妈捶着背，倒上热水，让阿妈喝，水进入阿妈喉咙时发出轻微的“咕嘟”声。

“我想好好睡一觉，希望这一觉醒来，雪也停了。”阿妈显得很疲倦，眼皮耷拉着。我扶着她躺下，像照顾孩子一样，帮她盖上被子。

病房安静下来，阿妈睡着了，睡得很安稳，此起彼伏的呼吸声轻轻回荡在病房里。

有雪的季节，我多想一直待在阿妈身旁，不让她孤独，不让那一份冰凉刺骨的记忆包裹着她。

此刻，窗外飘着雪。

黎明到来之前，或许，这一切就像做了一场梦一般，渐渐回到平静。

蛇

是不是越不想见到的东西，就会离你越近，比如蛇。

小时候，我亲眼看见阿妈从一堆麦秆里挖出过一堆蛇卵，没有长大的小蛇像蚯蚓一样往壳外爬，吓得阿妈扔下锄头，拉着我就往家里跑。那堆草垛从此再无人问津。

凹村有句关于蛇的老话："上门的蛇，上门的亲。"意思是蛇到家中，就应该像亲人一样善待。凹村人心地善良，对待蛇，越加怜爱起来。正因为这个原因，田地里的蛇越来越多，越来越肆意。

阿爸是个憨厚的庄稼人，遇事儿嘴巴里冒不出几句像样的话，所有的心思都像秤砣一样压在他那瘪了的肚子里，滚不出来。可他有个像样的本事，就是不怕蛇。记得有一次，我和阿爸经过一处田地的跳水口，一条锄把粗的乌梢蛇高昂着头，注视着我们。他二话没说，走过去，提起蛇尾巴在空中用力地晃了几下。刚才还左右乱舞的蛇在一阵晃荡之后，安静了下来。阿爸不杀蛇，只是怕高昂着头的蛇伤害到我，等待蛇安静下来之后，他将蛇放进草丛中，看着它慢慢离去。

意想不到的事还是发生了。一个初夏的夜晚，阿爸鬼使神差地杀了蛇。

那个夜晚，星星铺满天空，知了的叫声若隐若现，夜诡秘而躁动，一股闷热的气流遍布凹村。阿爸搬着铺盖卷往天楼上爬。每个夏天，他已习惯在天楼上睡觉。事后，阿爸说那晚他杀了蛇，像在一场梦里。蛇钻进被窝，在他脱光了上衣的身上爬来爬去。他先是推开了它，可不一会儿，蛇又爬在了他的脖子上，他觉得痒痒，一气之下就用手使劲将那不知趣的家伙摔在地上。阿爸说："那晚我浑浑噩噩的，不知道自己到底是醒着还是在一场梦里。"直到第二天，阿爸发现他的身旁躺着一条摔碎了骨头的蛇时，才一阵惊慌。

其实，上面有关蛇的老话，我只说了一半，还有一半是，家蛇不可碰，一碰灾到头。这次，阿爸犯了大忌，凹村人都知道。

灾难一步步靠近阿爸。那些日子，阿爸的夜晚并不安宁。他告诉我们，每天晚上他都做着一个相同的梦，梦里他在爬山，爬着一座很高很高的山，他能看见那座大山巍峨的山巅，可再怎么攀爬，却始终在山腰。停的时候醒来，睡着又接着爬。梦牵引着他。阿爸累坏了，爬不动了……爬不动的时候，阿爸安安静静地休息了，安安静静地躺在了一座山坡上，成了一座孤零零的坟，瞭望着对面的嘎多雪山。

阿妈认为，命里带来的东西，天王老子也拿着没法，由他去吧。说这话时，风已刮过秋天，阿妈的话像给流动的风儿告别，像给逝去的岁月做着留念。

阿爸杀蛇得到的因果，让更多的凹村人对蛇增加了一份又敬又畏的复杂感。上游的山水流经村庄时，顺着捎来其他村寨的话，人们相传着，对蛇要好些，只有对它好了，才不会像阿爸那样莫名其妙地变成山上的土堆堆。

村庄的夏天，蛇像疯长的杂草，繁茂着。

遇蛇，不再是一件稀罕的事。

我见过长约 3 米的蛇，盘踞在院子里的花椒树根上，一动不动；见过饭碗粗的大蛇，视我为不见，从眼前慢悠悠地爬进杂草丛；经历过踩着蛇，蛇惊慌，我惊叫的紧张场面。不过说来也奇怪，无论怎样的蛇，在村子里从来没有发生过一次伤人的事件，或许，蛇本来就是一种善意的动物。

有了这种想法之后，蛇对于我而言，就像是一位特殊的朋友，虽然我依然不敢靠它太近，但起码，我敢远远地用平静的心去观察它。

老房子修建于二十世纪六十年代，屋顶是用很多细树干、小石头和泥巴混合在一起搭建而成的，时间久远，树干与树干之间出现了裂缝，许多石头也从原来细密的树干中露了出来，悬挂在天花板上，偶尔也会脱落下来。一天夜里，我怎么也睡不着，睁着眼睛看着那一块块悬挂在空中的小石头，看着看着，发现头顶上方的石缝里有一条手电筒粗的蛇，蛇的颜色和石头的颜色极其相似，我想正是因为这样，我们才从来没有发现过它。蛇蠕动着，一会儿钻进石缝里，一会儿盘旋在被熏得黑黑的树干上，还有那么一会儿，将半个身子悬在空中。我盯着它，像看着一个玩耍的伙伴。看着看着，就睡着了。这件事情，我从来没给阿妈提起过，它像我的小秘密一样，藏在童年的记忆里。

阿妈也给我讲起一些蛇的故事，那时，我们的家已经搬到一处果林茂盛的田地边。

那里的夜很安静，除了看家狗毛子偶尔“汪汪”地在夜里叫唤几声，再无其他声响。有段时间，阿妈打电话说："我听见楼板上有一种奇怪的声音，那声响窸窸窣窣，有时动静很大，一片一片地响在头顶楼板上。一阵有，一阵又无。"我让阿妈去楼板上看看，免得睡不踏实。她拿着电筒上楼，四处照射一番，却又没发现什么。这件事情，也就搁置了下来。又有一天，我给阿妈打电话时，阿妈却小声地告诉我，她有事，等会儿回我。接到阿妈回来的电话，她第一句话就告诉我，她送走了一位尊贵的客人——蛇。原来，夜里弄出大动静的家伙，就是蛇。阿妈说："我一觉醒来，那条蛇蜷缩在床边，呼呼大睡着。那睡觉死沉的样子，特像你阿爸。我在火盆里烧了几样你阿爸生前爱吃的东西，找来纸钱点燃，通白一翻后，蛇慢慢地爬向窗户，从石砌的墙壁上离开了。我一直注视着蛇离去的方向，那是一条通往你阿爸坟茔的路。"

时隔多年，家里来的蛇不下数十条，阿妈依旧用最高尚的礼节送走它们。

蛇，不知道从什么时候开始，已成为我们牵挂的动物。也许是因为我们在意识里往往把它和亲人连在一起，所以更多的时候，蛇在我心里渐渐成了某种牵挂，或是怀念。

背着春天回家

个儿超不过灶台高时，阿妈带我去过最远的地方，就是卡伊尼玛家。

家里需要一个花篮子背篓，尼玛是村里编花篮子背篓最在行的人。

来到尼玛家，阿妈把事儿先搁在尼玛的心里，不忙着离开，陪他说着零碎话儿。

我坐在地上看尼玛编花篮子背篓。

尼玛家院坝里，晾晒着很多新编的花篮子背篓，各个长得胖嘟嘟的，竹条一层细密，一层稀疏，第三层是拳头那么大的洞眼。

我心里想着，尼玛真是个粗心的人，怎么能把背篓编织得这样粗糙。

回家的路上，我把想说的话告诉了阿妈。阿妈不回答我，话扯到背篓上。

“有露眼的花篮子背篓作用可大了，可以把凹村的春夏秋冬一起背回家。”

“谁能背着四季回家？”

“凹村人。”

“我是凹村人。”

“你是花篮子背篓里长大的凹村人。每个出生在这里的人，除了在亲人的怀抱里，就是在花篮子背篓里长大。长到一定大的时候，落在地上，开始陪着花篮子背篓过生活。花篮子背篓，是凹村人命里的东西。”

我想着我家破得没有底的花篮子背篓，想着尼玛手下新编的花篮子背篓。一个像老得掉牙的老人，一个像刚出生的婴儿。

“春夏秋冬装在花篮子背篓里不闹腾吗？”我问。

“闹腾，当然闹腾。那金黄的玉米挤红了脸，就快钻出露眼了；那麦穗上下摇晃着脑袋，东瞧瞧，西瞅瞅；那水果在里面你挤挤我，我亲亲你；还有你，在花篮子背篓里不听话，蹦蹦跳跳，活像一只野兔子。”

我嘻嘻地笑着，蹦在阿妈的前面，嘴里喊着：“野兔子，野兔子。”险些碰到一个背着花篮子背篓的人。

她的背篓里装着满满的豌豆花，人埋在花里，看不见脸。

阿妈跟那人招呼着，那人在豌豆花下，细声细气地说着话。

话带着花香，钻进我的耳朵里。

我停下脚步，从背后望着一背篓艳丽的花儿。

凹村人的背是一片土地，能长出蓬勃的生命。

“她是背着春天回家的人？”我问阿妈。

“是呀，花篮子背篼里装着春天，还有凹村人一辈子的命。”

“命沉吗？”

“沉着嘞，要用上很大的力气。”

“我力气小，背不动。”

“不能背，就少背点，花篮子背篓是凹村人的命根子，少不了。你祖奶奶用过、阿爷用过，阿妈、阿爸用过，轮到你时，别忘了恩情。”

我似懂非懂。

回到家，我用手摸着破了底的花篮子背篓，对它说：“我会好好爱护你，你把生命给了我们这个家。”

花篮子背篓躺在那儿，白天从它的身上蹚过，夜从它的缝隙里溜走。

曾经，阿妈用它背过四季，背过我们，背过凹村的岁月和风！

花篮子背篓，真了不起。

阿妈真了不起。

凹村人真了不起！

沉淀已久的歌

阿妈是个会唱歌的人。

“当年知青下乡为村人表演时，我坐在你阿妈的身旁，她偷偷地跟着台上的知青哼唱着，那音准、那歌喉，是我这辈子听见的最好听的歌。可惜你阿妈从来没有上过舞台，她不喜欢在众人面前歌唱，这不，一副好嗓门就像她种的庄稼，埋进了土里。”听邻村的大爷说起这件事时，我十分惊讶。

阿妈的歌应该是什么样子的歌，欢快？忧伤？我意识到，记忆里，并没有一个角落，存放过阿妈唱过的歌。

阿妈喜欢清静，我们的家也从村子最热闹的地方，搬到了一处安静的坡地上，房屋是用石头砌成的，院坝很宽敞，上方种着几株葡萄树。每到八月份，紫色的葡萄挂满整个枝头，调皮的我们经常站在小板凳上，仰头，用嘴去选择那些又大又红的葡萄吃。院坝上方还有一个不足十平方的小阳台，别小瞧了这小阳台，它可以一览村子脚下的整个小城镇。天气热的时候，我们还会把下午饭的地点安排到这个小阳台上，边吃边观风景。房屋的四周种满了樱桃树、核桃树、橘树……生活在这里，就像生活在一个果园里，每个季节都有新鲜的水果可以品尝。

深深地爱着这个家，一刻都不想离开。可随着房前屋后的果树开花又结果、落叶又发芽，时间改变着很多东西，我们三姊妹也像蒲公英一样，为了各自的生活四处奔波，最后离开了家。家中只剩下了阿妈，还有那依然开花又结果的树林。

阿妈说："除了思念远方的你们，我并不孤单。"

生活是一张纸，每个人都在这张纸上勾勒着自己的一生，从早到晚，从不间断。我能够想象阿妈所要勾勒出来的生活，只是一幅简单、平稳的波浪线，波浪线从源头到结尾都和她身旁的土地有关。

土地是孕育生命的地方，阿妈把自己的生命奉献给了土地。浇水、施肥、播种，像母亲呵护子女一样，哺育着土地上的树木、粮食。

每年春天，阿妈都会在一些老去的树木旁重新栽种一些小树苗。长久下来，我们家田地葱葱郁郁，各类水果个大味美，这和很多村人的土地，形成了鲜明的对比。阿妈动作有些缓慢，但这不影响她聪慧灵巧的双手。初春，是她最忙碌的时候，六十多岁的她，是个嫁接树苗的好手。她经常穿梭在果林里，对于哪棵树结不结果，哪棵树的果子够不够优良，阿妈一清二楚。背上工具，爬上果树，小心翼翼地锯掉枝丫，把优良的新苗嫁接到枝丫上。在嫁接这方面，阿妈还喜欢上了创新，比如把苹果新苗嫁接到琵琶树上、把板栗新苗嫁接到樱桃树上……有创新就会面临失败，阿妈的实验失败的很多，有一样却成了村里人津津乐道的话题，就是阿妈在核桃树上，嫁接橘子竟然奇迹般成功了，这在村子里是前所未有的事情。

为了挣钱，很多农村的人舍弃了土地，去外面找副业，许多土地也就荒芜了下来。阿妈没有停歇下来，看着村里一大片杂草疯长的土地，她变得忧伤起来，对自家的土地加倍照顾着。冬天，阿妈的双手因为这片土地而变得皲裂粗糙，时不时伤口就会冒出血珠子，血珠子夹杂着泥土，让阿妈的双手无论用多滋润的护手霜都无济于事。看着这一切，我们姊妹花费了很多口舌让年近古稀的阿妈放弃土地，到我们身边生活。阿妈拒绝了，原因是她的根在这片土地，离开这片土地，就相当于把她的根拔掉了。

远方的我时时牵挂着阿妈的身体。只要做梦，梦中总会有阿妈的影子，有时开心，有时却梦见阿妈摔倒或生病，这种担心把我的生活搅得一团糟。于是，在一个落雨的夜晚，我谎编了一封信给阿妈寄去，信中的内容大概是我工作得如何不顺利、生活如何不能自理等。也许我真的是一个自私的人，为了让自己安心，不管任何理由，都想把阿妈接到身边。

我工作的地方除了离县城远点、没有电话和网络外，其实，就像世外桃源。

寄出的信我不抱希望，我知道土地对阿妈的重要性。

阿妈来了，就在我把信寄出去的第二个星期。看着风尘仆仆站在校门口的阿妈，我惊讶得不知所措。阿妈第一次来我工作的地方，我无法想象她在翻越那一座座高海拔的雪山、穿越那一片片无垠的草原时是什么情景，也无法想象阿妈是怎样只身一人在这个多雨的季节，包车来到离县城一百零八公里的偏远学校的，但是我能肯定的是，阿妈沿途的心里，没有装下一丝她所喜欢的高原美景。

那一刻，我觉得自己是一个罪人，犯了一个自己都无法原谅自己的错；那一刻，我也懂得了，阿妈心中最重要的东西不是土地，是她的子女！

阿妈和我在那遥远的高原待了两年。后来，我有幸调回故乡。阿妈又回到那片土地，回到了那座秋天挂满葡萄的老屋。阿妈不愿和我一起居住，她觉得多双筷子就得多个用钱的地方，她回家在菜园里种些小菜，照顾好果园，不仅能让我吃上新鲜的果蔬，也能挣些小钱贴补平常的开支。

这一次，我没有劝阻阿妈，我知道阿妈的根，牢牢地扎在那片土地上，如果挪移，只会给她增添负担。

工作的地方离家三十公里，我每天都会打电话问问阿妈在做些什么，每周都会回去看望她。回到家中，阿妈总会问些我工作上的事情，然后语重心长地叮嘱我要和同事处好关系，自己能做的就要多做。阿妈只读过一年级，但是，除了不会写字外，大部分字她都能认。我也经常会把一些书籍带回家，有空的时候坐在葡萄架下看看书。我看书的时候，阿妈也看书。阿妈喜欢看本土作者的书，时间一长，竟然还崇拜上了一名本土资深作家的书籍。理由很简单,阿妈去过那地方,而作家写作的背景、题材也取源于那片土地。

阿妈是个怀旧的人!

回家的饭菜很可口。不止是因为农村用柴火做饭，更因为那是我和阿妈团聚的日子。阿妈总会把好吃的东西留着等我回家一起吃，她说只有一起吃的时候，才能感觉到食物的香味。饭桌上，阿妈不停地往我碗里夹着菜，自己却更多地说着话。有些事情，阿妈给我说过好几次，依然重复着，我不厌倦，更多的却是酸楚。时间改变了阿妈年轻的面容，记忆的神经也在慢慢衰退。静静听着阿妈的话，哪怕就是不说一句，心中的幸福感油然而生。

家里有张大床，旧时称为高低床，所谓高低就是一边高一边低，人睡觉一般睡在高的那方，能使人的呼吸和消化都顺畅些。床成浅绿色，年代久远的原因，涂抹在上面的漆色渐渐脱落，露出木材原有的颜色。

这张床是阿妈的床，也是我的床。在家中，我有一间自己单独的房间，房间设计得别致，可是，我几乎不住在自己的房间里，只是偶尔打扫一下。我喜欢和阿妈一起睡，尽管我已经长成了大姑娘。阿妈有时也会斥责我说："哪有这么大的姑娘，还一直跟着阿妈睡同一张床的？"我固执地告诉她："我就喜欢这样。"阿妈摇着头，无奈地对着我说："哎，你什么时候才能长大呀！"

睡觉的时候，阿妈喜欢用手抚摸我的手腕，有时她手上的老茧划在我的皮肤上，让我隐隐作痛。阿妈通过抚摸来辨别我是否长胖。希望我长胖是她的心愿。她说有几次都梦见我胖了，那高兴劲儿，足以让她放下几天的农活！

又到上班的时间了，阿妈早早地起床，为我准备早饭，我吃饭的时候，她又忙碌着给我装这装那。每次，我回家的包空空的，上班去时却装得满满的。阿妈会一直陪着我在路边等车，不管春夏秋冬。离别变得越来越常见，阿妈站在家门口目送我，身影在后车镜中变得越来越渺小……

分别的时候，我不再回头去看阿妈，我怕我模糊的双眼，再也看不见那渺小的身影。

现在，我终于明白，我记忆的匣子为什么没有存储一首阿妈的歌。阿妈在我们孩子面前，是不会唱歌的人，她只会把美丽的歌声埋藏心底。

阿妈的歌是用时间沉淀的歌，是唱给女儿和土地的歌，歌声朴实、悠扬！

另外一个家

想到那片荒野，我浑身都在疼痛，荆棘会划破皮肤，那不招人喜爱的毛粘子死皮赖脸地附在我身上，头发被周边的树枝弄得凌乱不堪。在这片荒野，我不像人，却拥有人类特有的疼痛。

所有的人都忙着打理自家的土地和家事，那片荒野站在高处，看着整个凹村的忙碌，看着一个个凹村人从早上忙到下午，从青年忙到老年，然后慢慢到它的怀抱中，变成一座座土堆，安静下来。

时间流淌，风流淌，雨雪也在流淌。荒野站在风中，不说话，心亮堂着。等待和守候是它一辈子要做的事情，这些事情，它觉得很残酷，可也是命里的东西，无法更改。

那片荒野，每逢过年和清明，我都会去。那里有阿爸另外的一个家。

阿妈不允许我这样说。阿妈说："阿爸是个忠诚的人，和他结婚的几十年里，我们从来没有拌过一次嘴，她和阿爸心里都只有对方，即使阿爸先走，她都会在荒坡上看着我们这个家，看着你们长大成人，阿爸的家只有一个，就是我们。"

当着阿妈的面，我不再称那里为家，可是阿爸一直住在那里，也该有个家。我心里偷偷默认了这点。

阿爸的家在整个荒坡算起来，不算太大，这和他活着时候的简陋老屋比起来，阿爸应该比较满足。地很平整，地上长着一些杂草和野花，我想阿爸会喜欢这样，看着杂草生，看着杂草死，过着人间的生活。周边的石墙为阿爸的家挡住了风。荒野的风跟刀子一样，不会有人喜欢。

我说过，每逢过年和清明，我都会去看望阿爸，烧些纸钱和阿爸生前喜欢吃的东西，最后点燃火炮，热热闹闹。有我们的牵挂，阿爸荒野的家是温暖的。

每次看望阿爸，都要走过那片荒野。荒野上带生命的东西很多，如仙人掌，如鸟儿嘴里落下来的麦种，如一些蚂蚁、蛇，还有如马匹。杂草、荆棘那是不用说出来的生命，荒野与生俱来。

但更多的还是家，像阿爸一样待在这里的家。

或许这片荒野也有个像凹村一样的名字，这个名字留着给陌生人说；或许这个荒野跟凹村一样，因为出过几头了不起的耕牛而远近闻名；或许，这里还发生过一些大事，只是活着的我们，像傻子一般，什么都不知道。

既然住着很多人，那地里的蚯蚓是不是它们养的宠物？那躲在壳里的蜗牛，是不是他们平时的玩物？他们这里也该有炊烟，锅灶里煮着一些香喷喷的食物，风一来，炊烟和香味飘得满荒野都是。

走在荒野，我是这样想的。想着的时候，我看见了几座破烂不堪的老坟。这里，我不想称它为家，它实在没有家的温暖。

坟，低矮得就快趴在地上了，零星的小石子散落在杂草中。坟头长着杂乱无章的厚皮子树，深红的叶子散落整个坟头。

这几座坟前，没有人下脚的地方。一下脚，你的脚就看不见了，心里惊得慌，生怕这只脚就这样到了阴曹地府，再也回不来了。赶紧收回，平复一下心里的紧张。

有好几次，我都想平了这坟前的草，砍了坟头的厚皮子树，把坟亮开，像家一样，敞在阳光下。

“自己家的活路，让别人帮着做了，那是羞祖宗的事，比扇自己几个耳光还要难受。”凹村人爱说这句话。于是我迟迟不敢动手，我怕我好心做了别人不情愿的事儿。

疼痛的东西，从某个角落生长起来。我担心逝后的自己没有家，没有一个值得思恋的人。屋前，杂草丛生，却没有一个人来帮自己打理。

“这是凹村人都要面对的事儿。有些血浓于水的东西，会随着一代代的后人，而变得清淡寡味。管不了的东西，就得认命。”七十多岁的尼玛，对着荒野的风，说着话。

荒野，一年会比一年旺盛起来，无论杂草、荆棘，还是驻扎在那里的家和坟。我也正在慢慢靠近那片荒野，走不动的时候，就在荒野上让家人建一座“家”，几十上百年之后，变成一堆杂乱倒塌的坟。

荒野还在那里，有些东西却再也找不到了。

第三辑

命里的事情

这辈子我丢失过的亲人

我常常在梦里梦到我没见过面的几个亲人。

我不知道他们是我的亲人。在梦里，他们一再让我相信他们，他们说生活在梦里的人不会骗人，况且他们来到世上，有的刚出生就死了，有的活到三岁就死了，还有的虽然活到七八岁，但他在世上的日子里一直是个傻子，一个傻子连自己都没活明白，怎么明白骗人的事情。

我不相信他们。我告诉他们我没那么多亲人。他们三个并排站在我的梦里，让我仔细看他们。第一个让我看她的眼睛，第二个让我看他手上的黑痣，第三个让我看脚上的大螺丝拐。我慢慢走向他们，我看那双深凹下去的眼睛，我用手去摸那颗大黑痣，我俯下身子去看那人脚上鼓起来的大螺丝拐。我去做这一切的时候，他们三个站在原地看着我，他们迫切地想向我证明，他们是我丢失多年的亲人。

看完这三个人，我回到刚才自己站着的地方。我生气地告诉他们："别用这样的小把戏在梦里戏弄我。即使在梦里，我也认识我的亲人。"说这句话时，我脸上的肌肉在跳，心里莫名地慌，我知道自己在撒谎。那双我近距离看过的眼睛，那颗大大的黑痣，那个脚上鼓起的螺丝拐，都是我再熟悉不过的，它们分散长在我的阿爸、阿妈、阿姐身上，唯独我什么也没有。在那一刻，我突然很抵触那三个说是我亲人的人。

我依然骂他们是三个骗子。我边骂边愤怒地看着这三个人。我从他们失落的表情中看见了他们的难过。他们告诉我："我们是走了很多路、翻了很多座山、十多天没睡一场好觉才赶到这里来见你的。"他们又说，"在一场梦里，想见自己前世的亲人要用很大的力气、费很多心思才能相遇。"他们还说，"今天你不认识我们，我们也不怪你，因为那时你还没有出生，不认识我们，但我们想让你相信，你还有三个亲人活在另外的一个地方，时时牵挂着你。"其中一个还说："我真想好好活到世上去，好好和你再做一次亲人。"

我不理他们。我心里恐惧自己没有和他们一样，长有相同的东西。我看见他们悲伤地离开，他们说如果有机会，他们还会相约来梦里看我，不过那样的次数会很有限。梦里亲人的相会远比现实生活中亲人的相会难得多。梦隔着两个天地。

后来，我又在梦里见过他们几面。我在梦里依然没有承认过他们是我的亲人。他们每一次都是在悲伤沮丧中离开，我看见他们的离开是向四面八方去的，这点让我相信，他们来梦里见我一面是真的不容易。我知道自己在说谎，其实我早就认出了他们，那双凹陷下去的眼睛分明就是阿妈的眼睛，那手上有黑痣的手分明就是阿爸的手，那脚上突出的螺丝拐分明就是阿姐的螺丝拐，只是阿姐平时把那突出的螺丝拐藏着，她嫌弃那个难看的骨头长在自己身体里。

在一个夜很黑的晚上，阿爸和阿姐都下地干活去了。我和阿妈坐在铺满月光的院子里，我问阿妈我还有没有亲人。阿妈先是一愣，后否认了。阿妈问我："为什么会想起问这样的话。"我说，"梦里有三个人来找过我，他们说是我的亲人。"我说完这句话，阿妈手里拿着的一团羊毛线掉在了地上。月光铺满阿妈苍白的脸。我看见阿妈的嘴在惨白的月光下打着颤。我帮阿妈捡起掉在地上的羊毛线，我们静静地坐在一地月光中等待阿爸和阿姐回来。

那一夜，阿爸丢失在一片月光中再也没有回来。那一夜，我和阿妈在一地月光中等回来的，只有阿爸不会再回来的消息。阿妈在月光下默默地掉着泪，她让阿姐带着我去睡觉，自己一个人在月光里坐了一夜。我躺在床上，久久地望着木窗外的月光，我不知道那一夜的阿妈是怎么在月光下度过的，那一夜她对阿爸的某些东西是不是也在丢失。

第二天起床，我看见阿妈硬硬地坐在原来的地方，昨晚薄薄的月光还没有完全从她身上褪去。阿妈的脸色变得像月光一样清淡。我叫坐在那里的阿妈，阿妈看看我，不应答我，只说该下地干活了。她去墙角找钉耙，怎么也找不着，阿妈要找的钉耙已被阿爸扛走了。阿妈另外找了一个快坏掉的旧钉耙下地，从那天开始，无论阿妈走到哪里，我像跟屁虫一样追着她，我生怕阿妈也和阿爸一样，有一天扛着钉耙说走就走了。

很多年后，我在小镇上看见一个像阿爸的人。那人穿着阿爸离家出走时穿的衣服，戴着一顶当年阿爸头上戴着的军绿色帽子，他躺在地上，眼睛望着对面的山。他是一个乞丐。我走过他身边，他用一双乞怜的双眼看着我。我被那双眼睛吸引住了，我往后退了几步又走向他。他什么也不说，就那么久久地望着我，我向他喊出很多年都没有喊出过的一个名字，他刚想张开的嘴又闭上了。他想答应我的喊，却因某种原因又不想答应了。我理解一个很多年前想走就走的人不想答应我的喊。他像我的阿爸。我想看看他的手，我能从一个人的一只手上看明白那是不是我的阿爸。我去触碰他的手，他紧张地缩了回去，像他这样一个软在地上不知道几年的人，应该很久没有遇见过一个真心实意想触碰他的人了。我说我就是想看看他的手，我在寻找一个我丢失多年的亲人。他的眼里有了泪，可能是我说的亲人两个字让他感动。他慢慢地把手伸到我的面前，眼神复杂地看着我。不过让我失望的是，他的手上没有那个阿爸手上该有的黑痣。他不是我的阿爸。

又有一次，我在路上遇见过一个和自己长得很像的人。我们的皮肤、五官、走路、说话的姿势都如此相似。我们擦肩而过的时候，感觉自己和自己擦肩而过。那种奇妙的感觉让我困惑了很久，我甚至怀疑我自己也在丢失，那个和我擦肩而过的人就是我丢失在这个世界上的一部分自己。

过了很多年，阿妈一直不愿意提起阿爸的出走，就像她不愿意提起我梦里的三个亲人。又过了很多年，我相信他们是我丢失的亲人了。可惜的是，让我相信他们是我亲人的时间太长，梦里的他们已经等不及了，在很久以前就消失在我的梦里。我想起他们说过的话，梦比世上的天地还要大。

我迷失在每一场梦里。每一场梦里，我都在极力寻找我丢失过的三个亲人。然而自从我开始寻找他们，我就知道，有些东西错过就是错过了，谁都无力挽回。

远远地，我看见了杉木门

那个村子生活着一村子的黄牙人。那个村子的人无论到哪里，看见他们的人都悄悄在后面叫他们黄牙人。

黄牙是那个村子的标志。

那个村子的人走到哪里，都不对外面的人笑，他们板着一张硬脸，不管是认识的还是不认识的，都跟上辈子欠他们几升青稞种一样。

其他村子的人都不喜欢黄牙人。他们说那个村子的人生来就丧气，活跟没活一样，还不如去死。

每个村子的人，老的教育小的都会说："离黄牙人远点，小心那难看的黄染上你。"

人与人之间的距离就这样拉开了。

黄牙人在自己村子四周砌上了高高的石墙。只要可以，他们想隔开一切不属于自己村子的任何东西。围好四周之后，他们给自己的村子安上了两扇厚重的杉木门。门上挂着一把大大的铁锁。以前，每家配置一把开锁的钥匙，路过的人都能听见有人拿钥匙开门的声音。后来，他们取缔了钥匙开门的习惯。他们不想让外人听见自己村子的人什么时候出去了，什么时候又回来。他们的出去和回来也私密起来。于是，在四季里的某一天，换成了人守门。人守门的时候，屁股后面跟着一条大狼狗。人往哪儿走，狗就往哪儿走。人和狗白天夜里地待在杉木门槛上，门槛被人和狗磨得透亮透亮。亮得特别晃眼的地方，门槛凹了下去，像个小月亮长在门槛中间。

守门的人一天换一次，狗应该一直是那条狗。即使不是那条狗，也是那条狗的崽子。几年之前看着是那样子，再过几年看还是那样子。那条狗似乎从来没老过。一条狗在守门这件事情上，已经从血脉上遗传给了下一代。

守门的人倒不是没有老过。他们随时都在老与不老中来回地走。他们今天换个年轻的，明天换个年老的，后天换个中年的。谁都分不清这个村子的人是一直年轻着，还是一直在老着。

早几年，还有人议论说认识几个守门的，现在没人议论了，每天一换的守门人已经弄花了他们的眼。

守门人和狗看每一个门槛以外的人和其他东西，都是以一种戒备的眼光打量。鸟叫几声，他们站起来到处望，一头误走错路的牛，他们用小石子驱赶开。夏天的蝉最多，这个村子飞那个村子，只要被守门人和狗看见，他们会用尽所有力气捕捉那些蝉。狗会不停地跳着去咬那些蝉。咬住一只吃掉一只，吃饱了就撕了蝉的翅膀，他们不想让外来的蝉飞进村子什么，也不想让自己村子的蝉带走村子的什么。

太阳、月亮、云朵、星星，还有风、雨、雷、电，黄牙人也想和外面分开。他们是彻底想和村外的一切分开。可有些东西天生就只能共用。人的力量小如蚊子。黄牙人不罢休，他们在厚重的杉木门的墙顶上，插上一面大大的黄颜色的旗子。风一吹，旗子“啪啦啪啦”地响。风把旗子拉得长长的、宽宽的，盖住下面的黄牙人。黄牙人从地上往天看，天上的所有东西都染成了黄色。风一次次地吹，那些东西一遍遍地染。他们想，即使不能分开，也要让那些外来的东西在过门坎时变成他们喜欢的颜色。

他们喜欢黄色的一切东西。黄是他们信仰的宗教。

长久地不和黄牙村的人打交道，使人渐渐淡忘了那个村子，好几年之后，看见一个黄牙人，才想起那个村子的存在。

我经常在梦里梦见黄牙人的村子。在梦中，黄牙人的村子有时像一片枫叶，有时像秋天的青稞，有时像一匹狼的身体。梦里，他们的村子不是一个固定的村子。村子随时都在被黄牙人改变。他们喜欢什么样的村子，就把村子的一切变成什么样。他们到处种着黄花，那些花开出各种各样的黄，一年又一年地开在村子的每个角落。黄牙人的房子是用一种金黄的草修建的。那些草在阳光和月光下，闪着金黄金黄的光。

黄牙人在自己的村子里，活得自由自在。他们和狗说话，和牛羊是朋友。他们每天唱着自己的山歌，一起劳动，一起回家，一起烧着篝火和夜对话。在村子里，人人都过着快乐幸福的生活。他们费尽心思想象板着脸的样子，再怎么想，也想象不出来。他们常常把一嘴的黄牙露在外面，白天夜里地晾晒自己的黄牙。

一天夜里，我朝一个黄牙人走去。她没有避开我，警惕地看着我。

“我是你的朋友。”我对黄牙人说。

“你见过一年四季开不完的黄花吗？”她歪着脑袋问。

“梦里见过。”我笑。

她犹豫了一会儿，拉着我的手朝她们的村子走。

远远地，我看见了杉木门。

守门人和那条永远没有老过的狗，冲着我笑。

手里握着一节坚硬的骨头

她说：“你扶我起来，我睡了整整一天了，看我把太阳都睡到西坡了。”

我掀开她盖着的被子，把一只手伸到她的背后，搂着她。她背上的骨头触碰到我的手心，我的手马上从她背上缩了回来。

“你别怕，那就是一节长在我身体里的骨头。”她笑。

我不知道说什么，我把手伸了进去，又摸到了那节骨头，它高高地、凉凉地突在她的背上。我想那真是一节别致坚挺的骨头。

她很轻薄，我没费一点力气，就扶她坐了起来。

“好坐吗？”我问。

“床木硌着我的背。”她说。

我从枕边取了另外一个枕头，垫在她背后。

“好些了吗？”

“舒服多了。人老成我这样，难得舒服一次了。”她笑起来。

我看着她的笑，有种走到尽头的美。我想她已经好久没有笑过一次了。我陪着她笑。

她说：“我刚才做了一个梦，梦见一只小黄鸭，小黄鸭好小呀，在一片绿绿的草地上跑，边跑边回头看我。那惊慌的眼神，在梦里那么可爱。梦里的自己在看小黄鸭跑，梦里自己就是小黄鸭。梦真是奇怪，梦里人人可以走出自己，又可以回到自己。”

说着，她从被窝里拿出一只塑料的小黄鸭给我看。

“梦里，我就是这只小黄鸭。小黄鸭长得小小的，嘴红红的，圆圆的眼睛对着我看。我不知道此刻的自己是在一场梦里还是已经走出了一场梦。”她说。

她说：“我饿，已经一天没吃下什么东西了。”

“想吃什么？”看着她单薄的身体，我真想马上给她找些她想吃的东西。

“有点刀削面，再有些酸菜配着，那样就好了，吃了一辈子都吃不厌。”她说着，弱弱地咽下了口水。

"等等。"我说。

我跑到院墙上往下喊，没等我喊出声，就看见一个男人正在下面的院子里做刀削面，那白白的刀削面已经在案板上垒了很高。

"她说她想吃一碗刀削面，酸菜的。"我说。

做刀削面的男人埋着头，满口答应，我看见一根根雪白的刀削面下进了一锅开水里。

"你再等等，面马上就好了。"我对她说。

她点点头。

她舒服地把头陷进枕头里。她呀，在笑。她呀，在哭。

"我来到这个世上，不后悔了。"她说。

如果我是她，我会后悔。她太孤独，身边没一个人陪她。

"我不后悔，人活到一把岁数了，就会慢慢懂得谁也陪不了谁。我很幸福，我能独自面对自己的孤独，我也能享受孤独，我还能在孤独中等到一些意想不到的事情。比如你。"她说。

"我是专门来看你的。"我说。

她说："不是，我知道你不是专门来看我的，你只是刚好路过我。路过一个人很简单，遇见一个人也很简单。我见你第一眼的时候，一眼就看出你是来路过我的。"

她的眼窝慢慢地凹了下去，她的眼珠子越来越小。我什么也没说，我想她说得对，我就是来路过她的。

“你抱抱我可以吗？”她的话说在枕头里，闷闷地，她有点害羞。一个老人的羞。

我没犹豫，把自己的手伸进她的被窝，她的被窝凉凉的，没有一点温度。我的手又触碰到了她背上的骨头，那节骨头长在那里，像是等着一个人去触碰，去安抚。

“别怕那块骨头，它伤不到你。”她说。

我的手有点发抖，我控制不住自己发抖的手。我不知道一节骨头为什么可以高于所有的骨头存在于一个人的身体里。

“活一辈子，只剩下一堆骨头了。”她腼腆地笑。满脸褶皱的脸上出现一丝红晕，那是少女才会拥有的红晕。

她在说自己只剩一堆骨头的时候，她在害羞。

“你现在手心里握着的那节骨头，是撑了我一辈子的好骨头。它太好了，没有那节骨头，我早就……早就……”她没说下去。她突然就不想说下去了。她说的那节骨头此刻就在我的手心里握着，我感觉到了那节骨头的力量。

她在我的怀里像个婴儿，比一个婴儿还要轻。

她的眼睛闭了一会儿，闭着眼睛的样子真好看。

“我想下楼去看看，我记不清自己有多久没有走下楼了。”她说。

我慢慢抱着她，一点儿都不累。我说过她很轻，轻得好像只剩下那节骨头。

她在怀里看着我，像一个婴儿一样看着我。

“你抱着我有没有一种很奇怪的感觉？”她问。

“没有，我只是感觉你好轻，我怕你从我指头缝里消失。”我说。她又笑，却什么也没说。

我抱着她走到院墙那边。做刀削面的人还在做。我说：“我们的刀削面呢？”那人满口答应，我发现他只是在满口答应。

她说：“不要紧，能看着那刀削面就好。我也不那么饿了。你能把我放在院墙上坐一坐吗？”她祈求地看着我。

她全身都在软，只有那根骨头硬着。我左右为难。

“我能坐好的。”她手里捏着那只小黄鸭。

我轻轻地把她放在院墙上，她身上没什么地方可扶，我又握着她背上那根坚硬的骨头。

她双脚伸出院墙，脚在院墙上晃动着。我想是风吹动了她的双脚。风想让她悬在空中的脚晃动起来。

她很开心。手里拿着的小黄鸭在风中晃动。她说：“你看，梦里小黄鸭就是这么跑的。”

她的身体还在变软，并越来越小。她先靠着我，靠不住了，她就变小了。我在手心里捧着她。

我只能听见她小小的说话声。她说："我就要死了。算是死得很迟的人了，很多人六十二岁的时候就死了。”

我着急起来，我喊下面的人。下面的人抬头看我，他们也跟着急起来。

他们都没有上楼来，他们只是在楼下急。

她说："我就要变成梦里的那只小黄鸭了，不对，是这只小黄鸭。”她的手已经举不起一只小小的塑料鸭了。

“我会在绿绿的草地上一直跑，一直跑。你要记得有一只小黄鸭在一片绿绿的草地上跑过。”她说。

她的声音越来越小。

她消失在我的手心里。我的手心里只剩下那只她握在手里的小黄鸭和一节冰凉的骨头。小黄鸭好一会儿待在那里，一动不动，它的眼睛看着我。

我突然觉得那只小黄鸭的眼睛很像我的阿妈。是的，当我认为那双眼睛像我阿妈的时候，小黄鸭活过来了，它从我手心里慢慢走出去，走到空中，越来越远。

我想到阿妈曾经也给我说过，她算死得迟的人了。只是她以前给我说这句话时，我没有太在意死。

此刻，我手里握着一节坚硬的骨头，却久久不能从一场梦中醒来。

樱桃红了

樱桃又红了。

我看见满树的樱桃和母亲的微笑，出现在阳光里。母亲依然穿着青布长衫，系着绿色腰带，黑色的绣花帕遮住了她额头上的皱纹。母亲习惯仰望，而那一颗颗夹杂在绿叶中若隐若现的樱桃，与其说是自然赋予它美丽的容颜，还不如说是母亲的眸子滋润了它。

那片樱桃林在母亲的注视中逐渐长大。

母亲不是本地人，小时候被婆婆带到这座半山腰的村子，长大后，在村人的介绍下，认识了同样也不属于这座村子的父亲。父亲是一位老实又实干的人，平时寡言少语，做起农活来有条有理。当改革的春风翻山越岭吹到我们村子时，我们家分到了一头谁都羡慕的大公牛和平日里想都不敢想的一亩多土地，那种喜庆，那种措手不及的“惊喜”，哪怕是事隔多年，年老的母亲也能记忆犹新。

如果说我们两姊妹是母亲疼爱的孩子，那我们在母亲那里得到的爱，应该不算是完整的，因为母亲的爱，还有一部分留在了那片一亩多的土地上。

村子在岁月的缝隙间，悄然发生着变化。

每一粒接触过母亲双手的土壤，都会感觉到她对土地的那分热忱，可拮据的生活提醒着一直埋头苦干的母亲。

母亲很沉静，她在用一种更为安静的方法，思索着那段磕磕绊绊走过的路……

平生受到母亲唯一一次严厉责骂且被打屁股的事情，在我的回忆中，刻上了深深的印记。那次我回到家中，看见有许多树苗光滑且笔直，于是随手取了一棵，折断树根，准备放牛时用来当牛鞭。正当自己为这一发明得意忘形时，母亲回来了，她生气的样子，是我从来没有见过的。她拿过我手中折断的树苗，从地上拾起树根，眼睛里闪烁着泪花。母亲摇摇头，对我说：

"一棵大树就毁在你的手里了。"

第二天早上，母亲弯着身躯平整那块土地。一切弄好之后，每隔两三米用锄头挖一个坑，然后将一棵棵树苗放进坑里，又把旁边的土壤盖上去，一瓢瓢清冽的泉水和着母亲的汗水融进了树根。

从那天开始，我终于知道，树苗的名字叫樱桃，是母亲用来摆脱我家贫困的树。

它果然是一种神奇的树，就像母亲的愿望急于实现一样，在母亲种下树苗的第三年，就结出了果实。但是，母亲却阻止了我们贪吃的欲望，母亲拿来一个大盘子，小心翼翼地拨开绿油油的树叶，摘下躲藏在里面寥寥无几的樱桃，供奉给堂屋的家神，忽闪忽闪的清油灯，把一粒粒红得艳丽的樱桃，照得更加诱人。

虽然那时的自己没有樱桃树高，但是，我能体会到丰收后的喜悦，以及母亲站在家神前的虔诚与庄严。

淳朴的心，慈祥的爱，樱桃树成了播种在母亲心上的树！

父亲离世后，母亲的话越来越少。她还是习惯于太阳出来之前来到樱桃林，独自在树林中沉思，她常常用那双渐渐变得粗糙的双手，一遍又一遍地抚摸着樱桃树。看看树干，看看从叶子缝隙里漏下来的阳光……

一亩多地里，再没有播种过其他的粮食，母亲说："只要有樱桃林在，这里就足够了。"

充足的养料，让樱桃林郁郁葱葱，枝繁叶茂。

每年农历四月，是我们全家最忙的时候。满树的红樱桃压得大树喘不过气来。这时，母亲会提前准备好许多"丫"字形的树杈，我们两姊妹帮忙把压弯的树枝往上推，母亲用树杈把它们撑起来，看见树枝有了"拐杖"，母亲开玩笑地说："现在好了，这棵树老头终于不用担心摔着了。"

樱桃的采摘期最多三个星期，在三个星期里，必须全部摘下所有树上的樱桃，尽管摘樱桃是一件很快乐的事情，但也忙坏了我和姐姐。我和姐姐负责采摘，母亲则背上背篓，上街卖樱桃。

母亲为人宽厚，出售樱桃时，从不夸奖自家的樱桃如何好。有人想购买时，母亲总是面带微笑，简单地说："你尝尝吧！如果可以就买。"母亲的真诚，樱桃的味美，使得我们家的樱桃总是供不应求。

欢笑声、歌声像一个个快乐的音符，荡漾在四月的那片樱桃林里……

白天，母亲来来回回地奔波在市场和樱桃地里，似乎有使不完的劲儿，用不完的力气。夜晚回到家，我和姐姐把一天的零钱整理好，而母亲却经常等不到吃晚饭就睡着了。

精心地呵护，让这片期望改变贫困生活的樱桃林，渐渐地改变着我们的生活。

母亲老了，绣花帕下的两鬓已经斑白，可是，母亲依然不愿离开那片樱桃林，她说："离开了我的林子，全身都感到不舒服，心里总是空荡荡的，在这片樱桃林里，即使我生病了，在树林中走走，这病也就像是好了。"

的确如此吧，这片樱桃林。

又是一年樱桃红……

像马一样死去

昨晚，领居表叔死了。要死的人，劲儿真大，嗓门也大，他该是用了一辈子都没有用过的力气，向村庄告别吧？

表叔的死很慢很慢，年长的老人们说：“在我们的这辈子里，从来没有见过死得这样漫长、这样痛苦的人。像给一个活人剥了几层皮，然后还用皮鞭抽这个可怜的人。”

哎！孽，这就是孽。

老人所说的孽，让我想到了黑夜里撕心裂肺的叫声。叫声像一把剪刀，把暗夜剪成碎片，把人们的心剪得七零八落。

如果不是全村的马放养在牛场上，由聋子西瓦看守着，大家一定会把这声撕心裂肺的叫声，当成是谁家的马在暗夜里悲呜地嘶叫。

谁都相信聋子西瓦是村里最负责的看守马群的人，他不会放走一匹陪伴他孤寂生活的马。马是他的情人。聋子西瓦说过。

叫声悲烈、嘶哑，像要把整世的悲苦连同不堪都从喉咙里吐出来。看见表叔死的人都说："表叔死的时候，踢开了被子，双手和双脚在空中有规律的比画着，鼻孔张得大大的，嘴里不时发出'呼哧呼哧'的声音，像一匹奔跑在山坡上的马，越来越快，快到感觉就要腾飞起来。"村里人无法控制表叔像马一样奔跑的双手和双脚，他们发现，表叔只有做这种动作的时候，痛苦似乎才少些。

要死的人，脸是会变的。村里人看见表叔的脸有一瞬间变成了马的样子，眼睛变成了马的眼睛，嘴变成了马的嘴巴。接着就是那一声马一样长长的嘶叫声，震碎了村里人的心。然后暗夜接着暗了下去，表叔也恢复了死人该有的平静，双手和双脚耷拉在木床上，那双还略微握着的拳头，像马蹄一样轻放在那里。

表叔死了，像马一样死去。

也许，表叔的今生走错了一条路，他从最先的养马，变成了后来屠杀马的屠夫。自从表叔干上这个行当之后，表叔就告诉别人："我的梦里经常有一匹红马在奔跑，总也追不上那匹马，不过总有一天我会追上它。"我想，昨晚表叔那么用力地死，就是在追那匹他口中的红马。

聋子西瓦是表叔的儿子，村里人都说："聋子西瓦是来帮表叔还账的。这一世，他不归家，不娶妻，他的家就是牧场，他的妻就是他守护着的情人——马。"

来 世

干瘪瘪的乡下，幺幺，我想到了你。

今天，天空终于露出了太阳。

阿妈去地里锄草，扔下了我，还有十一只小鸡、五只鹅。阿妈说：“今天会有一只母鹅下蛋，你一定看好这只母鹅。”

“我怎么知道哪只母鹅会下蛋呀？”我问阿妈。

“昨天，系红头绳和蓝头绳的母鹅都已经下了，今天就该系黄头绳的鹅下蛋了。”阿妈边说，边指着那只懒懒散散躲在角落里的母鹅。

原来阿妈把母鹅用头绳做了记号，她真细心。

阿妈是一个地地道道的农村妇女，以前喜欢养猪，后来爱上了养鹅。她爱上养鹅，是因为家里经常有蛇光顾。在家中，我也见过几条蛇，一次是在橱柜下，一次是在洗衣机里，一次是在院坝里。阿妈说她看见蛇在阳台上，就会想起当年阿爸打死的蛇。后不久，阿爸就去世了。村人都说："那条蛇取走了你阿爸的性命。"

无意中，阿妈听别人说鹅能驱蛇，就从市场买了几只鹅崽子回来养着。阿妈从心里欢喜，每天细心照顾。鹅，也是通人性的家伙，一年之后，五只中就有三只开始下蛋。

阿妈把蛋放在瓷盆里，用一张干净的布，把每个蛋擦得光亮亮的。

鹅是吃食的能手，凹村人都舍不得把粮食花在鹅身上。

看见阿妈把鹅养得胖胖的，村里人都来家里看稀奇。知道鹅已经开始下蛋，心里都盘算着买鹅蛋的事。阿妈不想卖，可拗不过卓玛，她硬生生地把双手捧在鹅屁股后面，接着鹅蛋就跑了。

后来，很多患有头痛的、风湿病的村里人，或是怀了孕的女人都来我家排队买鹅蛋。阿妈一一拒绝，只答应送给有哮喘病的尼玛和怀孕的拉姆各二十枚。

一天，拉姆的男人提着刚从地里挖出来的萝卜，来感谢阿妈。说："自从吃了鹅蛋以后，拉姆肚子里的娃开始调皮捣蛋，照着这个架势，调皮娃是不想在肚子里待了。等到秋天一过完，也就差不多落地了。"

听完拉姆男人的话，阿妈更心疼这几只鹅。阿妈说："下蛋的鹅是最辛苦的。"

冬天，凹村飘过几场雪。雪，厚厚地压着树枝。夜里，常常听见枯枝"咔嚓"的断裂声。阿妈养的一只母鹅，死在了一场雪中。

阿妈责备自己没有照顾好这只夜里从圈中跑出来的鹅。第二天，伤心地埋葬了它。

后来，阿妈告诉我，她把鹅埋在了一棵幼小的桃树下。鹅眼盖上了桃树叶，鹅的头朝着公社的方向。她说："我想让鹅下辈子投身成一位公务员。"

"幺幺，你说说下辈子投身公务员的鹅，会不会来看看它上世的主人呢？"

"糟糕，光顾着和你说话，那只系黄头绳的鹅，拼着命往窝里钻。"阿妈急急地说。

我想它该下蛋了。

才让的女人

黑桃树下，一堆闲人像马蜂窝一样围在一起吹牛。

一只母鸡，在大伙儿眼前晃着红屁股，“咕蛋儿，咕蛋儿”地跑进草窝里。

有人戏谑：“才让，你老婆给你下第一个蛋时，是不是也这样跑的？”

大伙儿一阵哄笑。才让女人第一胎生产的样子，像是每个人都亲眼看见过一样。

女人是外地人，大屁股。

才让的阿奶第一次见到女人，就偷偷把才让拉到墙角边，告诉他：“要想把祖宗的香火传得更旺，就靠这女人了。”

那时，才让二十五岁，不懂的事情太多。阿奶说：“屁股大的女人旺夫。关键是地肥，再烂的种子播在上面，长出的苗子都是壮壮的。”

才让托村东头的红娘去牵线，许诺只要事情有了好结果，房梁上肥得流油的猪脑壳就归她。

红娘凑近才让的耳朵，呼出的热气都带着笑意：“此话当真？”才让点点头。红娘“咕咚”一声，咽下口水，起身走出门槛，身后扔下一句话：“你就等我的好信儿吧。”

事情没两天就成了，红娘坐在灶门边，把她说给女人的话重复了一遍又一遍，说得天都暗了下去，还舍不得离开。才让实在瞌睡，就说：“要不明天再来？”红娘有些尴尬，犹豫着起身，要走出堂屋门槛时，笑嘻嘻地指着房梁上的猪脑壳说：“看，看，看，你家那死不下去的猪眼睛，看得我心里毛躁躁的。”

才让这才记起自己给媒婆的许诺，搭起板凳把猪脑壳取下装进背篓，让红娘背回去。红娘一阵风似的消失在黑夜里。才让“嘎吱”一声关上木门，把黑夜关在了门外。

一个猪脑壳换回一个大屁股老婆，才让觉得结婚这事儿，还没有他爬核桃树、赶马蜂窝难。

过了半月，请来八桌客人，摆上八桌九大碗，才让和大屁股女人的婚也算结了。

好长时间，才让过得稀里糊涂的，特别稀里糊涂的时候，他揪一下自己的脸，自言自语地问自己："我才让真的结婚了？和大屁股女人真的结了？"

女人在猪圈里忙活着担粪的事儿，粗声粗气地叫着才让。

才让边往猪圈走，嘴里边嘀咕着："结了，结了，那大屁股女人和圈里的黑猪都是自己的。"

大屁股女人有了身孕，前面圆鼓鼓的肚子和后面的大屁股疯长起来。阿奶看见后得意地说："看那疯长的肚子和屁股，像给庄稼施了肥一样，多带劲儿。"

再烂的种子播种在肥地里，都会长出好苗子。这句话，响在才让耳边。不过他固执地想，那不是地好，是自己种子好。

大屁股女人要生产的那晚，天上没有星星。女人翻来覆去地在床上打着滚，滚得头发乱得跟鸡窝窝一样。女人大骂着才让："你这狗娘养的，都是你害得老娘成现在这样，我操你家八辈祖宗，痛死我了，老娘不生了。"

大屁股女人的叫骂声，透过被风吹烂了的窗户，传了出去，响在凹村的上空。

才让满头大汗，急忙找来很多衣服，去堵那扇熏得黑黑的窗户。

“你这死鬼，有时间堵窗户，还不如拿些破东西，来堵一下老娘的痛。”大屁股女人说这话时，竟然从床上跳了下来，厮打起才让。才让被女人抓得变了样，蹲在门背后呜呜地哭。

女人在屋里痛得跳来跳去，最后躺在了坑坑洼洼的泥地上，晕了过去。

才让急忙去找村里的接生婆，接生婆和阿奶将大屁股女人抬到床上，才让忙里忙外，端水送布。“生了，生了，是个带把儿的。”接生婆说的时候，才让急忙丢下手中的水瓢，去看娃儿。

娃儿眯着眼睛，小手和小脚在空中胡乱地比画着，像要抓什么东西，却终究没有抓住。

“会不会是个哑巴，怎么出来这么一会儿了，不哭一声？”接生婆说完，还没有等才让反应过来，就将娃儿的双脚提在空中，屁股上“啪啪”两下，一声啼哭从半空中传了出来。“不是哑巴,不是哑巴？”阿奶松了一口气。才让也附和着阿奶说着：“不是哑巴，还好不是哑巴。”然后，用手擦着额头上的汗珠。

大屁股女人第二天才醒来，恢复了平日里的粗声粗气。

“才让，你家女人什么时候再下第二蛋，到时提前通知我们一声，我们好趴在窗户上听听，她是怎样打骂你的。”逗趣的村人，坐在才让的旁边，笑着撞撞他的胳膊。

才让一脚踹开脚下的小石子，头也不回地去找泥水匠，回家封上了那扇熏得黑黑的窗户。

赶 命

我在乡下待了很长时间。

清早帮阿妈挖挖地，种些辣椒。中午热的时候，和阿妈坐在樱桃树下，学习绣花。

青布帕子真长呀，阿妈绣的花鲜鲜地开在阳光下。

阿妈说：“这条长长的绣花帕，是为你出嫁准备的。”

我羞红了脸。

“女人的命，掌握在男人的手心里。别像挑胡豆里的渣滓一样，过于精细。”我坐在阿妈身旁，嘟囔着嘴皮，不说话。

阿妈停下手中的针线活，眼睛看着密密的樱桃林，说：“赶命的女人，把什么都看得淡。”

阿妈的话落下的时候，起风了。风把话带到空中，拂过一片绿油油的樱桃叶。

樱桃林的上方是车汪家，车汪就是阿妈说的赶命的女人。

乡下，我把日子过得很闲散，盯着云，盯着山尖，和小狗逗逗趣，时间就过了。这和赶命的女人车汪相比，我的日子过得空洞，没有意义。

整个村子的人都知道，车汪就快死了。车汪自己也知道自己就快死了。

病恹恹、落魄、恐惧、得到别人的同情。在村里人的眼里，这是要死的人留在世上的样子。

但是，车汪出人意料。她活出了村里人对要死的人的看法。

村人怀疑老中医失去了往年的医术，把车汪的病诊断错误了。

村子小得可怜，一阵风的工夫，就把村里人的想法，传到了老中医的耳朵里。

“山间的乌云爬过山坡，盖住了大树、房屋，还在继续蔓延到下游。雨就快来了。车汪肺上的黑点，就像落下来的雨点，密密地盖着她的肺。她等不到下一个天晴的日子。”老中医的话慢吞吞的。远处，王表叔家的烟囱里，一股青烟扭动着腰身，慢慢地升到空中。

车汪的时日很紧。

每天，天不亮，她就开始忙碌着，放牛、喂猪、打扫屋子，给一家大小做饭。地里的活儿她全部揽下了，别人劝她休息的时候，她总说:“多干点，免得到那边去了，想干，都没土地了。”

车汪的男人是个闲人，知道车汪就快死了，成天哼着调儿，走在小路上，见人便无话找话说，脸笑得稀巴烂。见着车汪，却马上变了脸：“你这婆娘，连猪肚子的粮食都要克扣，你是想你快死了，让我留在世上吃不上肥猪肉是不是？”话落，拳头落在车汪的背上，一阵空响。

“死婆娘，要死，你就快死，别吊着我的胳膊不放。你死了，我就去找隔壁村的娜卓，她可是一直等着我的。”车汪的男人说这话时，理直气壮。

村里人同情车汪，车汪满脸堆着笑说：“我在世上，只有他是我的亲人，我为他生了两儿两女，我走后，他肩上的担子也重，能找个女人，帮他分担，是我的福分。”

车汪的脸色一天比一天难看，日子一天比一天过得紧。月光下，她拿着锄头的身影，比夜还要孤独。

母牛就快产子了，房屋的青瓦有一处还在漏雨，院墙上的柴火也快烧完了，车汪没日没夜地想抓着时间，一刻都不松手。

车汪死在老中医说的一个天晴的日子。她手举锄头，面对一块荒芜的硬板地就倒下了。

车汪死后，她的男人没掉一滴眼泪，高高兴兴地把她埋了，没过一个月就娶回了隔壁村的娜卓来过下半辈子。

赶命的女人，把世上的痛苦看得很淡。

“命，有时真的不值钱。”阿妈说。

一朵艳丽的牡丹花，就快在阿妈的手中完完整整地开放了，落针的那一刻，阿妈给线头打上了一个牢牢的死结。

这条青帕，是阿妈为我结婚那天准备的。

我的命，也将从那一刻有一个新的开始。

雪 村

高原的春天，来得太迟。

昨夜一场大雪，让村庄披上了一层白白的棉袄。树、瓦房、圈舍都被白雪打扮得一尘不染。

措姆家的浪荡狗黑子和几只调皮的母鸡，在雪地里一前一后地走着，东嗅嗅，西啄啄。这几个小东西，肯定又被措姆饿了一整夜，喉管里都能伸出爪子来。

雪很厚，黑子的脚踏在雪上，立马印出一朵小梅花。母鸡本来矮小，在厚厚的积雪里像瘸子一样深一脚浅一脚地走着。

只有天知道，饥饿是如何折腾着它们肠胃的。

黑子的肚皮，皱成一团，风一吹，左右摇晃着。那几只母鸡，就更不用说了，骨碌碌的眼神似乎要将脚下的雪掀个底朝天。

黑子走在前面，尾巴卷在半空中，它那略微发红的屁股，在白雪中像一朵含苞待放的花骨朵。它在雪地里走几步，便停下来，回头看看那几只跟它一起出门的母鸡。母鸡“咕咕咕”地叫着，灵活的小脑袋，左右晃动着。黑子转过身，把头抬得高高的，四处张望。母鸡近了，它又往前走十几步，站在前面等那几只母鸡，像一位大哥哥一样照看着它们。

突然，黑子的眼睛盯着一处，耳朵竖了起来，脑袋略微向右偏着，接着它飞快地在雪地里奔跑起来。它跑过的地方，留下一串歪歪扭扭的印记，连接起来像一条流经雪地的小河。河流流向远处，消失在另一个田坎上。

几只母鸡依然慢悠悠地在雪地东啄啄，西刨刨，发现雪下面发黄的草星子，“嘟嘟嘟”地摆动着小脑袋吃着。黑子的突然离开，似乎对它们毫无影响。

风把树上的雪吹落下来，仿佛又下起了一场小雪。电线上站立着几只麻雀，叽叽喳喳地嬉戏着，电线摇晃了一下，雪像线一样从空中落下来，瞬间又断成几节掉在地上。

鸟儿消失在电线上，不知去了何方。

时间在雪的世界里，走得很慢很慢。

黑子回来了，身后跟着几只撒欢的浪荡狗，白的、黄的，由远及近。黑子跑得可真快，双脚溅起的雪花，在雪地里腾起，又落在雪地里。它的肚子略微鼓了起来，口里冒着热气。它停在离母鸡不远的地方，看着啄食的母鸡，然后又看看向它跑来的白的、黄的狗。

黑子，在雪地里转着圈儿，像跳舞一样。

几只狗裹成了团，你蹭蹭我，我追追你。几只母鸡埋着头，寻找着能填饱肚子的东西。

有雪的早晨，凹村安静极了。

一棵枯草命

秋天，家乡漫山遍野的葵花爬过了山坡，长进了凹村人的视线。

这些乖巧的小植物，是什么时候在村里人不经意间，翻越大山的，村里人无从知晓。在他们的记忆里，只残存着春天播种的痕迹，却没有留意到夏天花朵盛开的影子。

大山的粗糙，让村人的生活过得也很粗糙。

这一切太像卓玛拉的命运。

卓玛拉从小就是病秧子，脸色发黄，瘦得像根枯草，风一吹，随时都会倒下去。

村里人说："这命能长下去，也就是一根枯草命。草命贱，喂牛、喂马，牛马都得挑挑合不合胃口。”

草，路边有，山坡有，田地边有，越多越装不进村里人的眼。命贱，往往遭到别人的歧视与践踏。

一到冬天，卓玛拉发黄的脸蛋、瘦弱的躯体，就快让她跨不过深冬的门槛。枝头乌鸦“哇哇”地叫着，都说这是在喊卓玛拉的魂。凹村人眼睁睁地盯着这个就快死在深冬的草命。

卓玛拉的魂没有被乌鸦喊走，这是凹村人没想到的。

但是村里人想着，悬崖上的小石子，也熬不到几天。

在村人的眼里，卓玛拉的生活就是熬，除此之外，卓玛拉什么都不是。

熬出来的日子，是痛苦的。卓玛拉曾经也认为自己在熬，熬着熬着，也就顺其自然了。

村里人没有注意到，卓玛拉正在悄悄地起着变化，像一棵枯草遇见春天的呼唤，悄悄醒来。偶尔有人发现，也只是把她当成是季节更替应该有的。

卓玛拉长大了，像是混在家家都会种在地里的葵花一样悄悄成长。在这个时候，村里人的眼里依然只能装下葵花，却看不见卓玛拉的成长。

直到有一天，卓玛拉像那些漫山遍野的葵花，爬过山坡，漫出村里人的视线，大家才发现他们犯了一个多大的错，草命除了贱，更有一份坚强和不屈在里面。

卓玛拉带着夏天的葵花香，带着梦想，离开了村庄。她的草命还在生长，遇见冬天的严寒，脸色还会发黄，像就要死去。

不过，春天还会来，对吗？她的世界永远都有个春天。

时至夏季，又是一年葵花满坡时，那些漫过山坡的葵花是红色、蓝色，还是金色，村人不再多说了。

骗 局

这个不安分的清晨，谁都知道张拐子上当受骗了。

张拐子上当受骗的声音，颤抖着、悬空空地响在村子的上方。

晨风，一阵一阵地吹，鸟儿一阵一阵地叫。张拐子颤抖的声音，时而被风吹断了，时而又被鸟声叫了回来。

“老子张拐子，虽然站不直，但行得端，从娘胎里我就知道，坑人是不会有好下场的。”张拐子站在自家半米高的院墙前，向下方骂着。

下方，是村子的中心，十多家瓦房像穿连裆裤一样，连在一起。

“你今天坑了我张拐子，我张拐子诅咒你，走路被圆石头绊倒，屙屎被蚊虫叮肿屁股，生个娃儿像你土里埋的八辈祖宗。”说这话时，张拐子把脚踮了踮，嘴里的口水向外喷着，左高右低的肩膀和直直的院墙形成鲜明的对比。

“你这狗娘养的，我就知道，你对桥上那不正经的女人有着贼心，差我那三百元钱，就可以搞到手，你这畜生呀，天看得见你做的，天看得见。”张拐子正在气头上，说话说得上气不接下气的。

“那钱，可是我家那只挣红了屁股的母鸡用命换回来的，如今，被你骗走，去找了桥头上不正经的女人，你……你……不得好死。”声音带着哭腔，村里人不知道张拐子是心疼挣红屁股的母鸡，还是那丢掉的三百元大钞。

“今早我是听够了你的骂声，你喷粪一样的口水，都快把我家的黑瓦淋透了，是谁染青了你的肠肠肚肚，你倒是说来听听。”李二流子站在自己的院坝里，对上方的张拐子吼道。许多小孩、村里人也都站在了自己的院坝里，向上看着张拐子。

张拐子又将不瘸的那条腿踮了踮，身体高出院墙许多。

“就是那卖羊粪的兔嘴巴高二娃，他给老子卖的羊粪掺有假，上边是花生米大的羊粪，下边是锅盔那么大的牛粪，害得老子白白花了三百元大钞。你这个狗杂种，狡猾得像狐狸。”

张拐子的话像石头一样硬邦邦的，如果高二娃在这儿的话，一定会砸碎他的脑袋。

“闹了一早上，原来，就为畜生的屎？”李二流子的话，引来其他院坝上看热闹的人一阵哄笑。

“屎和屎是有区别的，羊屎催庄稼，牛屎只会催杂草，要不我花三百元干嘛去买羊屎。”张拐子认为李二流子就是一天只知道闲逛的浪荡狗，对种庄稼一无所知。

“再不一样的屎，都是从屁股里屙出来的，你何必为屁股那点事，气得像疯狗一样。”又一阵哄笑从下方的院坝直溜溜地传到张拐子的耳朵里。

张拐子不再把脚踮得高高的，反而将本来就瘸着的腿轻轻地弯了弯，张拐子矮了不少，下方的村里人只能看见他气得竖起的一束头发在风中左右摇摆。

“算了，我大人不计小人过，那买羊粪的钱，就算我这辈子亏给高二娃了，让他去取悦桥头上坐着的不正经女人。”说完，张拐子一瘸一拐地往楼下走。

木楼梯发出张拐子深一脚、浅一脚不匀称的“咚咚咚”声。

善有善报，恶有恶报。

张拐子心里似乎放宽了不少。他想，高二娃一生未找到合适的老婆，这就是他作恶的结果，今天自己丢掉三百元买粪钱，就当贴补高二娃，也算自己积的德。

下楼梯时，张拐子嘴里默念着："唵嘛呢叭咪吽。"

村里人的哄笑声，一句也没有钻进他的耳朵。

走不进的世界

地炉里燃烧着柴疙瘩，红红的火焰将阿爷的脸染得通红。

阿爷嘴里衔着烟斗，烟斗在嘴里的时候，烟从阿爷鼻孔里缓缓地钻出来，升向空中。

阿爷头顶上挂着一盏微弱的电灯，灯光不明亮，时而还像灯芯被风吹动一样，忽闪几下。

我坐在阿爷的对面，看见他身后灶台上方悬挂着的十几扇猪膘肉。猪膘肉并排挂在中间的横梁上，占据了屋子一半的空间。肉有些年成了，被灶台内天天飘散的烟熏得变了模样，几扇肉上面还起了一些白色的悬浮物。

阿爷心疼猪超过心疼自己。一天三顿的鲜猪草伺候着，冬天怕猪冷着，夏天怕猪热着，雨天又怕猪淋着。村人都开玩笑说："阿爷，你干脆娶头猪回家当媳妇吧，晚上暖和着睡。"

阿爷养猪是一把好手，猪也从来没有对不起他的地方，看那悬挂在房梁上一尺多厚的猪膘肉，就得分晓。

村里每家每户一直有做猪膘肉的习惯，每家每户的猪膘肉都挂在地炉或者灶台上空，熏得黑黑的。别看那黑得不入眼的猪膘肉，下水一洗，白得跟豆腐一样，加上长久被烟灰熏着，就又多了一份别有的香味。这种猪膘肉远近闻名，很多外乡人都争着买。

阿爷说："谁家卖猪膘肉，谁家就会在村里人面前落下笑柄。猪膘肉在村里一般用在修房造屋、婚丧嫁娶上，切成方块儿，炖着洋芋、萝卜吃，赶口着嘞。"说这话时，阿爷干瘪的颈项上那枚桃核一样大小的喉结，由下往上地来回滚动。

我们那个年代，能吃上猪膘肉，就真像过年一样。烟袋里的烟，将阿爷的脸模糊了，阿爷深深地陷入了沉思。阿爷的那个年代，此刻也许正像这青色的烟一样，钻进了他的记忆。

"阿爷，那么多的猪膘肉，你要吃到啥时候呀？"我打断阿爷的沉思。

他将烟管从嘴里取出，呵呵地笑着。阿爷一笑，满脸的皱纹淹没了那双凹陷的双眼。

“我一个黄土都盖住嘴巴的人，那么多猪膘肉，就是吃到装进棺材也吃不完。”火光把阿爷的脸染得越来越红。

“不过，我吃不完，有帮我吃的人。”阿爷诡秘地笑着。

我好奇地看着阿爷，阿爷在我眼里变成了一个调皮的小娃。

“谁呀？”我问阿爷。

“猪。”

阿爷的话清脆、果断，却在我的心里激起一阵涟漪。

把猪膘喂给猪？

阿爷点着头，又将烟袋放进了嘴里，“吧嗒吧嗒”地吸起来。

一阵之后，阿爷告诉我：“猪是笨得单纯的牲畜，你对它好，它就会拼了命地给你长膘，用它的肉来回报你。我心疼猪，心疼它最终的结果。给它喂猪膘，是想提醒它，可以不那么全心全意地对我。可这家伙，就是懂不起我的用意，还是拼了命地长着肉。”

阿爷叹息着，用手轻轻地规整着烟袋里的烟叶。

阿爷又开始吸烟了。

嘴里的青烟浓浓的，地炉里的疙瘩也开始冒起缕缕青烟，我就快看不见阿爷的脸了。

阿爷的世界是一个奇怪的世界，或许我永远也走不进他的世界。

河流走过的地方

老黄牛丢了，这可是天大的事情。

丢了老黄牛，我的神智一直恍惚，像是丢了自己。

老黄牛一身健壮的骨头，浅浅的黄毛顺溜溜地披在身上，颈项上两圈黑色的浅毛，像带着一串黑色的项链。头上的角由粗到细，略微向内弯曲着。大大的眼珠子明亮而含蓄，你看它时，它也看着你。你和它说话时，它把耳朵竖得直直的，时而动弹的嘴皮，像是给你吐出话来。

老黄牛和我出生在同一年，按着月子算，它该大我一个月。阿妈说："老黄牛出生的那晚，你待在我的肚子里也不安分，我估摸着，你要不就是一个男娃子，要不就是像老黄牛一样倔脾气的女娃。”

阿妈说对了我的倔脾气，像牛一样的倔劲儿浸在骨头里，拔不出来。

我和老黄牛注定是有缘分的，这种缘分切不开，斩不断。

山还是那座大山，我和老黄牛的许多美丽的记忆，都还保存在那座我抬头就能看见的荒草坡上。

阳光普照，大雨滂沱，雪花漫天，我们在时间的长河里行走着、经历着。不知不觉时间已把老黄牛带到了衰老的边缘，而我也在许多个流逝的日夜里，渐渐长大。

那夜，天空布满星辰，四周的蛐蛐儿交换着嗓子叫着。

我睡得安稳，一场如约而至的梦来到我的身旁。

山坡真绿，微风一吹，漫山遍野的绿跟着风的方向，流向远方。阳光铺洒在绿草上，泛起点点亮闪闪的光芒。

老黄牛卧在草中央，草的绿把它的皮毛映衬得更加康健。它把头抬得高高的，眼睛盯着山脚，下面有一条像带子一样的河流缓缓地流淌着。

我躺在草丛中，用手轻轻地抚摸着老黄牛的身体。它转过头，用嘴蹭了蹭我的双手，我眯着双眼，顺着阳光的方向，看着老黄牛。

老黄牛的双眼明亮亮的，黑黑的眼珠子在阳光下像一颗黑珍珠一样亮闪着。它的眼角含着泪，泪水打湿了长长的睫毛。

我从草丛中爬起来，在阳光下，用手轻轻擦拭着它眼角的泪水。老黄牛用舌头舔舐着我的小手，不一会儿，又用浸着泪水的双眼望向山脚的河流。

在这里看河流，河流没有始，没有终，像停在那里一样一动不动。

我和老黄牛在山坡上看着河流，像看着一幅画。

我的梦也跟画一样，安静。梦的结尾，一直定格在那里，不曾改变。

第二天，老黄牛丢了，再也没找回来。

临走的时候，老黄牛没给我告别，不过那场梦或许就是它最好的告别吧。

一年四季，那条山脚下的河流，依然没有始、没有终地流淌着，哪里才是河想去的地方？

想念老黄牛时，我独自爬上山坡，和那场安静的梦境一样看着河流走过的地方。

河流走过的地方，或许就有我的老黄牛。我想。

一种病

清晨，积雪慢慢融化，有的变成水珠子，从屋檐上、树枝上、墙角边滑落下来，发出“滴答、滴答”的声响，仿佛雨季要到来；有的来不及融化，晨风一吹，一大块一大块地落在地面上，变成团，静静地躺着，悄悄地融进土地。

这个清晨可真冷，殷勤的太阳也赖起床来。天灰蒙蒙的。

阿妈去邻村借了些酸菜水回来，她又要开始忙碌着腌制酸菜了。

俗话说：“鱼通人，三天不吃酸，走路打偏偏。”阿妈是地道的鱼通人，她离不开酸菜。

阿妈临走时，交代我一天要做的几件事情：喂猪、喂鹅、喂看家狗。唯独没有交代喂饱我的肚子。

她真粗心。

我拎着猪食来到圈门前，那几头饿得要命的猪崽子，抬着头，嘴巴朝我上下摇晃着，“哼哼”地叫个不停。

它们真丑。只有阿妈把这几头猪崽子当成宝贝，给它们抠背、给他们说知心话。在阿妈心里，它们的地位，比我还高。

“妹子你脸色发黄，是有病缠身了吧？”这话从我身后飘过来，吓了我一跳。

我转过身，背后站着一个老人，头戴遮耳帽，脚上穿着一双黄胶鞋。他满头大汗，也许是刚从山脚爬上来的，一摞印有字迹的纸夹在他的腋下。后来，我知道他是老中医。

“看你这胆小样，跟老鼠差不多，依照我多年行医的经验，你得了一种病。”老中医喘着粗气说。

我对老中医嘴里所说的一种病充满好奇，问他：“什么病？”

“在中医里，通俗的说法叫缺心病，你得补一补。”老中医一副难过的样子，看着我。

那几头饿得心慌的猪崽子叫得更厉害了，如果没有圈门拦着它们，它们非吃了我不成。

有时我真觉得自己缺心，该补补。

“怎么个补法呢？”我不顾猪崽子的吵闹，问他。心里想着，你的主人都缺心了，你们还叫什么叫。

老中医并不忙着回答我的话，而是转了话题。

“我的这套独家秘方管用着嘞，大医院医不好的，我能医治。大医院花钱花得你心窝窝都在痛，我这里每付药只需要五十元。我一个七十多岁的人了，不会骗人。我的药材是从贡嘎山上采下来的，带着雪山的味道、雪山的祝福，神着嘞。”老中医一个劲儿地说着，我家的猪崽一个劲儿地叫着。

想着自己缺心，心烦意乱。我转过头，狠狠地呵斥了几声猪崽子，它们才稍稍安静了一点。

老中医从腋下取出一张双面都印有字迹的单子给我。单子上的药材名字多得我数不清，更重要的是，对于上面一连串的药材名字，我一样都没有听说过。

老中医翻到第二页，指着上面的拉嘎、尼玛、旺堆三个名字说：“妹子，你不知道，就这三个人去年在医院里花的钱，那才叫多，你家几头牛、几头猪崽卖了都够不上。”说到这里，老中医停了下来。

我看着这几个陌生的名字，想着阿妈放在山上的几头牛，再看看眼前叫个不停的猪崽，突然心疼起来。

“不过，他们后来都找上了我，吃了我两副中药就好了。感谢的话说了一箩筐，我告诉他们，‘别说了，别说了，说多了我快背不动了。’”老中医脸上洋溢着治病后的幸福感。

“那，你看，我这缺心的病，怎么个治法？”我迫不及待地问老中医，猪崽子们也安静了下来。

“你这病简单，必须吃我的药才行。”说着，老中医从他裤兜里搜出一个小瓶，瓶子里的液体纯净透彻。我真想马上接过小瓶，一口咽下这纯净的液体，然后，缺心的毛病也就好了。

“一瓶五十，你得喝两瓶。”老中医一定是看见了我咽下口水的样子，提出了钱的要求。

我闷在那里不说话了。我没钱，我知道阿妈也没钱。看来我这缺心的病也只有耗着了。

猪崽子们不叫了，看看我，看看老中医。

“没钱？”老中医失望地问。

我点点头，无奈地说：“没钱。”

“唉，可惜呀可惜，你这病，看来以后只有到大医院去治了。”老中医摇着头，头也不回地走上了小路。

小路拐个弯没了踪影。老中医在小路的拐弯处，也没有了踪影。

我心里一阵难受，愣了好一会儿，才打开圈门。猪崽子们蜂拥而上，把我围在中央。

哎，这些牲畜，真是没心没眼。

恍恍惚惚，我想着自己缺心的病，做完了阿妈给我安排的三件事：喂猪、喂鹅、喂看家狗。

我把遇见老中医的这件事隐藏了起来，甚至没有告诉我的阿妈。我不想让人知道我得了一种病。这种病或许会很快收了我的命。但是，我还是不想告诉任何人。

多拉花

命，真的会变！这是幺妹子连做梦都没想到的事情。

幺妹子的家族人脉单，落户到家族人脉浓厚的凹村，自然委屈的事情跟风斗里落出的麦穗一样，一串接着一串，响鼓鼓的。

凹村人喜欢拉帮结伙，这几家一伙，那几家一伙，剩下的就只有人脉细弱的幺妹家。

村东头有个黑色的大石堡，裂开的缝隙里生长着一种多拉花。花朵不大，每年秋天开放，花为黄色。也许是过于孤单，怎么看都是天生一副病恹相。

幺妹子伤心的时候，就爬到大石堡上去看多拉花，多拉花不会说话，幺妹就骂它，什么粗话都骂，生气的时候，还拿着一根细条子抽着黑石堡。

多拉花被幺妹子口中的恶气，吹偏了头，一会儿又像是被风吹了一样，恢复了过来。

骂完多拉花，幺妹子的心疼起来。她用手抚摸着多拉花，就像抚摸着自家在凹村受的委屈一样。

村里的人强横，地少分给幺妹子家几亩，放水要在中间插轮子，说她阿爸是个傻兮兮的背泥匠，阿妈是个软鸡蛋。幺妹子在放学的路上，经常被那些村娃子无故臭骂。还有一次，幺妹子的阿爸去茅坑里担粪，村里人跑来争粪，把她的阿爸打翻在地。想到这些，幺妹子心里像堵着一块尖石子一样，痛着。

幺妹子不喜欢凹村，她看村里人的脸，一个个长得就跟爬在枝头的蝉一样，鼓眼睛，黑鼻头，难看。

幺妹子会画画，用完了的本子后面，她用铅笔画了许多条路，宽的、窄的、弯曲的、直直的。这些路，是她想象自己以后离开村子的路。她喜欢那条翻越了白石坎的直直的路。她相信，有一天她离开村子，就会见到那条直直的路，美好的未来就在那里等着她。

村东头的千年老树，再也抵不住春天的电闪雷鸣，轰然倒塌。树倒塌的第二天夜里，幺妹子的阿爸也跟着去了。第三天，阿爸变成了一个小土堆，哑巴一样再也不对幺妹子说一句贴心的话了。

那时，幺妹子已经开始用钢笔写字了，老师说幺妹子的字写得非常好，画画的功夫也不错。学校画展上，还展览了她画的那条直直通向远方的公路。

地里的活太多，家里的重担落在了阿妈的身上。阿妈经不起伤痛，身子骨瘦得跟地里的麦秆子一样，轻轻一碰就会随时折断。

幺妹子回家了，回家的路上，她傻傻地笑着，路经黑石堡，她一把拔起多拉花，扔在路边的草丛中。

多拉花死了，幺妹子站在黑石堡上，给花儿说了几句不冷不热的话。

事后，幺妹子笑得非常开心，眼泪顺着笑声一起滴落到衣服上。那以后，幺妹子不见了，去了哪里谁都不知道。

幺妹子画的那张在学校里展览的画，也在某个风大的夜晚，和幺妹子一样不知了去向。

捞不起的月亮

昨天听村支书说，村小学要分一名女老师来。

李老师在学校里工作了快三十年，腿脚越来越不方便的她，一直坚守在村小学。她说过，如果没有一个老师接她的班，她就一天不离开学校。

李老师是个好人。

要分新老师来的消息，没多久就传遍了附近的几个村寨，村寨里的老乡们心里乐着，下地干活也似乎有使不完的劲儿。

每家每户的娃娃们，跟着大人乐呵着，虽然他们不太明白大人乐呵着什么。娃娃们乐呵开了，跟在屁股后面的狗呀、猫呀也跟着乐呵起来。疯跑的疯跑，乱叫的乱叫，吓得树枝上的麻雀，扑棱棱地飞进鸟巢，不敢出来。

还有一些悄悄乐呵的人，他们把高兴藏在肚子里，不愿吐出来。这高兴劲儿，越到晚上，越是深沉。越是深沉，越是没法子睡觉。他们有的爬起来抽烟，有的干脆拿出笔画着女老师的样子。画在纸上的女老师很陌生，和他们没有见到的女老师一样陌生。

这些人就是其他村子单身的男老师。这些男老师在孩子和村里人面前体体面面，但是，只有他们自己才知道，夜晚睡在单人床上的滋味，比什么都难受。

大沟里有股山泉水，那几天夜里，月亮挂在天空，大沟里经常会碰见洗澡的单身男人。那几天，不只是单身男老师，连凹村的光棍们也激动起来。

身子打整干净了，头发总该收拾收拾吧。汤家婶子的那把快剪刀起了大作用。这把剪刀东家借了借西家，从来就没有空过。每当有人来借剪刀，婶子就摇着头叹息着："男人啊男人，就像风掀叶子一样，喜欢折腾。"

剪头发的男人，三个一群两个一伙，嘴上都说，"早该收拾了，一忙就搁了下来。趁着这几天，太阳笑开了花，抽空打整打整自己。"其实，大家心里都装着各自的花花肠子，不愿意戳穿。

张李子给高蛋儿剪发的时候，前面剪得还算可以，后面就跟老鼠啃了一样。高蛋儿给张李子剪头发的时候，也会算计，假装一个失手，剪得张李子的头发像被谁狠狠咬了一口，急忙道歉，说一千个对不起，心里却乐呵着呢。这样一来，单身男人们的头发全部都奇奇怪怪的。坐在田坎上抽烟的老人们讨论着："看来我们是真的老了，看这些年轻人的发型，就不得不承认自己离年轻有多远了。"

村支书家那段时间去的男人特别多，有故意路经此地去讨水喝的，有找不到话题故意找话说的，有勤快得帮他家背粪放牛的。不管怎样，绕来绕去都是打听女老师的事情。村支书觉得自己是唯一知道这个消息的人，沾沾自喜起来。他学着镇领导说话的口气说："这件事嘛，我得好好估摸估摸。"接下来一脸严肃，手里拿着一块肉，逗狗。只要没有吃到肉的狗，都会对拿着肉的人服服帖帖。村支书，知道这一点。

村支书又去镇上开会，回来还没到家门口，就有一群单身汉问寒问暖、倒茶捶背。村支书喝着茶，过了好一会儿，才张开了他的玉嘴，官味十足地说："今天我去开会，说了女老师的事儿。"话说到一半，村支书疲惫似的往后仰了仰，男人们急忙给村支书揉揉肩膀，又把刚才碗里喝掉的茶水补上。村支书接着说：“经过讨论，女老师明天就到咱们村小学上课。”说完，把眼睛眯了起来。他想，眯着眼睛的时候，同样有人会把他的背按摩舒坦了。可是等了好一会儿，都没有动静，睁开眼时，发现身边只剩下他和放在凳子上的茶碗了。“一群忘恩负义的人。”村支书倒掉茶水，水在地面上散发着阵阵热气。

这个夜，对于一直没有吃上荤的单身男人们来说，注定是个难熬的夜，他们有的根本就没有合上眼，有的一夜起来几次，看外面的天亮起来没有。

阳光顺着山势，斜斜地照进了村子。公鸡叫第一声的时候，单身男人们起床了。他们穿着整齐，过年一样。这和村子里结过婚的男人相比，极不相称。

他们相互之间客气地招呼着，像很久没有见的朋友一样，温文尔雅。

“来了，新老师来了。”几个村娃子从村口的大石堡处，窜出来，指着后面的几个来人说。

单身男人们紧张起来，急忙拉拉衣服，理理衣领，脸上的笑，比盛开的太阳花还要灿烂。

“这是从外地到咱们这里来支教的刘老师，这是刘老师的老公。”乡长说前半句时，整个场面充满了热情，可后半句一露出来，气氛马上变了样。男人们前面的笑没有卸下，后面的失望又涌了上去。脸上的表情，说不出来的难看。

刘老师愣在那里，乡长僵在旁边。“快快快，帮刘老师搬东西进屋去。”村支书招呼着娃子和单身男人们。等刘老师他们进了屋，村支书出来对着这些单身男们说：“昨天，我就想告诉你们，结果睁开眼睛时，你们跑得比兔子还快，不见了踪影。”说完，摇着头，假装带着同情的样子离开了。

刘老师来的那夜，单身男人们像泄气的皮球，又恢复了原来的模样。

大沟的泉水里，静静地落着一轮捞不起来的月亮。

没有根的仇恨

雨季来了，大大小小的雨，眷顾了村庄整整一个月。

山坡上的草绿了，绿不分昼夜地漫过山坡，就快爬过玛尼山顶。

翻过玛尼山顶，是一座十户人的村庄。

自古以来，十户人村庄的春天就比凹村来得晚。这件事，一直是凹村人值得骄傲的地方。

凹村人信佛，他们深信菩萨会公平地对待整个村子，公平地处理两个村长久以来的矛盾。

谁也说不清，两个村矛盾的根源了，但似乎从阿妈肚子里掉出来，就知道两村之间疙瘩的存在。恨也与生俱来。

恨是痛苦的，记不住为什么恨，更是一件痛苦的事情。

拉嘎对于这点，深恶痛绝。

偷牛、贩马、坐牢都经历过的他，现在真心悔过，想在凹村搭建个窝，生一堆小孩，过上祖辈们过惯了的生活，却成了难题。

他承认，年轻时干的事情，给自己留下了孽根。但人生在世，谁能避免那些不成熟的想法。为此，他在观音庙已向菩萨悔过很多次。

不知道是因为菩萨没有原谅他，还是他这辈子的命已经和苦菜花的苦水连在了一起，他唯一想要找来做老婆的卓拉，就快成为别人的新娘了。

惦记别人的新娘，跟偷东西一样，心里忐忑。

都是那没有根的两村的仇恨，断了他和卓拉的姻缘。“我操你祖宗十八代。”夜里，拉嘎愤愤地骂着。

卓拉是十户村庄里松保瘸子家的幺女子，松保瘸子的腿是在一次两村人争水时打折的。谁打折了他的腿，他没看清楚，他把所有的账都记在凹村每个人的身上。

一次赶集，拉嘎看见卓拉，卓拉坐在木头小板凳上，穿着长衫，搭着绣花帕，头始终埋着。她前面摆着一个竹篮子，里面放着几十个白白的鹅蛋。

“鹅蛋怎么卖？”拉嘎说。他其实并不想买蛋，只是想看看绣花帕下的那张脸。

“一元。”姑娘回答很干脆，羞答答地埋着头。

“给我来三个。”拉嘎蹲下，捡鹅蛋时偷偷看着卓拉。

卓拉有双大大的眼睛，鼻子挺挺的，最好看的要数嵌在她脸上的酒窝了。酒窝不深，若隐若现。拉嘎想，这个姑娘笑起来，酒窝会是什么样的？

卓拉帮拉嘎捡了三个鹅蛋，递鹅蛋的时候，手不小心触碰到了拉嘎的手，急急地缩了回去。卓拉的脸红了，红装满了酒窝。

拉嘎从心底里喜欢卓拉，特别留意起她来。

经过打听，知道卓拉是十户村的人。拉嘎的心凉到了脖子处。不过他心里盘算着去试试的念头。

他请来红婆去找松保瘸子说媒，自己躲在附近的玉米秆里候着。红婆不到一杆烟的工夫，就青着脸从松保瘸子家出来了，憋屈地转告了松保瘸子的原话：“凹村人欠我一条腿，还敢来提亲，谁提我让谁折一条腿。”

这事搁了下来。拉嘎想，等再过段时间，又厚着脸皮去试试。可就在昨天，听人说卓拉要结婚了，拉嘎后悔得真想扇自己两耳光。

“这没有根的仇恨，还要延迟到什么时候才能到头？”问这话时，拉嘎心里有块石头一样的东西在膨胀，硌得他心痛。

他眼睛木讷地盯着天看了一会儿，又盯着地看了一会儿，一脚踹飞了脚下的一块小石子。石子划过草尖，“啪”的一声，掉进沟渠里。拉嘎嘴里默念着：“他妈的仇恨，老子记下了。”

雨下着。玛尼山坡的绿，明早就快翻过山尖了。

哑　巴

哑巴的哑，是从娘胎里带来的。有两种说法，一种是她娘罪恶的事情做多了。另一种是哑巴上辈子嚼舌根的事情做多了。

这些虱子咬跳蚤的事情，都是村里爱翻是非的人传出来的。在她们嘴里，死去的人会被他们的闲话说得醒过来，美好的事情会被她们涂得五颜六色，最后面目全非。

她们说着说着，捂着嘴偷偷地笑，笑声从指缝里挤出来，细细的，风一吹就散了。有时她们头碰着头，眼睛睁得圆圆的看着对方，眼神里流淌着各种吃惊和疑惑。

村口的白杨树，是她们经常闲话的地方。白杨树在是非的环境里长大，枝丫异常扭曲，叶子的形状由原本的椭圆长成尖溜溜的耳朵状。它变成了一棵是非树，风大的时候，摇摆着奇怪的枝丫，俯身给身旁的小树低语着。

哑巴每次看着她们凑在一起时，就嘿嘿地笑着。这群人狠狠地瞪哑巴一眼，像驱什么厌恶的东西一样，做出驱赶的样子。哑巴有时舍不得走，她们就从地上捡起小石子，朝哑巴扔，这一扔，哑巴拼命地跑，跑的样子跟跛脚的狗一样歪歪扭扭。后面，吊着一串鞭炮一样的哈哈声。

那座废弃的、没有房顶的老房，是哑巴躲藏的地方。哑巴每次跑到这里，心就稳了，她知道，这里不会有人用石头扔她，不会有人敢踏进这座老房。

老屋四面的墙壁熏得黑黑的，日晒雨淋之后的墙壁上爬着大小不一的小裂缝。哑巴喜欢老屋。躺在杂草疯长的堂屋里，就可以看见天空和白云，有时，夜里还可以看见一颗颗流星。

老屋修建年代久远，和周围新修的房屋相比，仿若年轻的小伙儿和一位半白的老人站在一起。

哑巴的思维有时清晰，有时混沌。清晰的时候，她会想起曾经居住在老屋里的张婆。张婆的手，像核桃树的树皮，沟沟壑壑，脸也像。张婆没人照顾，一人居住。有好几次，哑巴经过老屋时，听见张婆的呻吟声从破窗户里钻出来，捂着她的脚不能动弹。她推门进去，屋里黑成一片，她找不着张婆。张婆用拐杖敲着床沿，声音在黑暗的世界里没有生气。“灯，在门边上。”张婆说。哑巴顺着门摸索着，终于找着了一根细细的头绳，一拉头绳，黄弱的灯光把整个屋子照亮了。张婆在被子下面的脸，微微地移了移，核桃树皮一样的脸，皱得更加难看。哑巴走到床沿边，看着张婆，张婆的眼睛凹进骨头里，豆粒大的眼珠子，也快陷进去了。张婆微微地笑着说：“有光了，我就不怕了。”哑巴看着微黄的灯光，一根细细的电线将灯泡悬挂在墙顶上，上面爬满了蜘蛛网。“哑巴过来，让我摸摸你的手。”张婆从被窝里慢慢地将手伸出来，张婆的手和干枯的树枝没什么两样，一层皱巴巴的皮包裹着她的骨头。哑巴不想把手伸过去，但是那豆粒大的眼珠子，一直盯着她，让她不忍心。她的手触碰到张婆的手，像触碰到了一块硬硬的石头，张婆的手指捏紧她的手，她突然害怕得缩了回来。“哑巴，你会好起来的，让所有人都羡慕你。”听完张婆的话，哑巴转身跑出老屋，边跑边想着张婆豆粒大的眼珠子，就快陷进骨头里了。

张婆第二天去世了，死状极其恐怖，眼睛睁着，豆粒大的眼珠子却没有了。张婆的老屋闲置了下来，从来没有村里人进去过。后一年，村里起了大风，刮走了老屋的屋顶，老屋从那以后，变得无遮无拦，雪雨落进屋里，老屋的泥地渐渐松软起来，阳光一晒，许多生命力极强的杂草，从泥地里生长了出来。

哑巴从张婆离开的那一年，拥有了一个奇怪的本领——闻雨。雨快下来的时候，她那敏感的鼻子就会有所感应。哑巴不会说话，卡在喉咙里想说的话，怎么也吐不出来。看着村里人在快要下雨的天气晾晒粮食，看见村里人在快要下雨的天气上山砍柴，她就焦急地去阻拦，用手指指天，又比画着雨从天空滑落的样子，村里人看不懂，她又重复地比画着，脸色因为焦急而涨得红红的。

村人骂她，说她不只是哑了，而且快疯了。可随着时间的推移，大家发现，每次哑巴比画出要下雨的样子时，雨都会从山间飘过来。日子一久，大家晒粮食、出远门、上山、耕种，都会来问问哑巴会不会下雨。

哑巴成了远近闻名的名人。

哑巴心里空的时候，就会跑到老屋，躺在杂草里，想念那双木棍一样的手和那张核桃皮一样的脸，还会想到张婆给她说的那句话："哑巴，你会好起来的，让所有人都羡慕你。"

旺堆的女人

自从女人离开后，为了填补空荡的日子，旺堆开始养猪。

他记得，以前女人在他身边，两人一拌嘴，女人就说：“你旺堆看着猪在路上走，都恨不得去咬一口猪屁股的人，如果有一天我走了，我看你要不就被饿死，要不就被别人家的肉星子馋死。”

女人的话，旺堆觉得只说对了后一半，他是个每顿盘子里没有肉星子心里就会发慌的人。不过，旺堆的女人是全村出了名的养猪高手，旺堆相信，女人说的后半句话，这辈子都不会发生在他身上。

人算不如天算。一个黄昏的下午，旺堆的女人和一个陌生的男人跑了。扔下旺堆一个人活在凹村。女人跑了以后，旺堆才发现和自己生活了五年的女人，回忆起来像个陌生人一样。

那年，旺堆是在村口遇见女人的，女人一身狼狈，说自己的家乡遭受了泥石流，她逃难来到这里讨口饭吃。旺堆心软，将女人带回家，阿爷一眼看中了女人，问女人是否愿意嫁给旺堆，女人羞涩地看着旺堆，低声说："我是个连肚子都填不饱的人，只要旺堆同意我没有意见。"就这样，旺堆稀里糊涂地和女人结了婚，日子一过就是五年。

如今，女人跑了，跟死了又有什么区别呢？夜暗得很深的时候，旺堆甚至还为离家的女人掉过几滴伤心的泪水。

房梁上的猪膘肉，被带着女人私奔的男人背走了两大扇，剩下一扇薄薄的、小小的悬挂在房梁上，可怜兮兮。

旺堆想起女人拌嘴时说的话，他要证明自己的能干超过女人。一狠心，花了全部家当，去购买了五头小猪。

嘴长的不要，怕拱猪圈；腿短的不要，怕撑不起猪架子；眼睛无神的不要，缺少长肉的灵性；耳朵竖着的不要，爱听壁角，不好好吃食。这样一筛选下来，旺堆买来的五头小猪，齐齐整整，就跟同一母猪肚子里落下来的崽子一样。

凹村人说："新买来的猪崽子，如果主人和它们睡上一觉，这些崽子关进圈里，就会贪吃贪睡，长得特别快。”旺堆把五头猪崽子赶进堂屋，在地上铺了一张毯子，呼呼大睡起来。旺堆醒来时，猪崽子还没有醒，它们有的趴在他脚上，有的躺在他肚子上，旺堆臭骂。难怪自己刚才的梦，奇奇怪怪。他吆喝一声，猪崽子们吓了一跳，急匆匆地从他身子上爬了起来。旺堆把它们赶进圈里，自言自语道：“老子该陪睡的陪睡了，你们要对得起我。”说着，关上了一扇圈门。

旺堆像变了一个人，村里人都这么说。他很少和村里的二流子们鬼混，也很少进王家打牌了。变坏容易变好难，旺堆却从弯曲的路上走了回来，无形之中成了同龄人中的榜样。

耕种、施肥、灌溉、割猪草，起早贪黑。五头猪被他养得肥嘟嘟的。二流子们取笑他，女人没了，劲儿使在了几头猪上面是不是？旺堆懒得搭理，做着自己的事情。

猪食，全是石磨里磨出的玉米粉，金黄金黄的，旺堆忙的时候，在猪食还没有加猪草之前，先往自己碗里盛上两碗，冷了以后，放些豆瓣就着吃。猪多，喜欢抢食，越是抢，越吃得干净。每次，旺堆往木槽里倒的三大桶猪食都被五头猪吃得光光的。

猪就是猪。旺堆心里看着这几头抢食的肥猪默念着。它们拼命地吃着猪食，就没有想过主人为什么对它们这么好，天上哪会掉馅儿饼？

时间过得真快，年关的声音越来越近了。腊月，旺堆请刀把子吴来家宰年猪。

旺堆不忍心看，躲在灶房里做着烧锅掺水的事情。刀把子吴和几个来帮忙的村里人，把五头猪切成十扇猪膘挂在了房梁上。

第二年，第三年，旺堆同样买了五头猪崽子，买时他依然坚守着选猪崽子的方法，嘴长的不要，腿短的不要，眼睛无神的不要，耳朵竖着的不要……他养的肥猪一年比一年大，膘一年比一年厚。房梁上密密麻麻地挂满了吃也吃不完的猪膘肉。

年成久的猪膘肉，有些变味了，旺堆每次做猪食时，就切一小盆放在猪食里，猪儿们闻见肉星子味，挤得死去活来，“嘟嘟嘟”地抢着吃。

猪呀，真是没良心。旺堆看着那些抢着吃同类的猪儿们说着。

不过，他反过来想想，猪也是实在的动物，至少比女人实在。

圈门口，旺堆提着空空的猪桶，想到那个离开他的女人。

心里的石头

别人心里都装着杂七杂八的东西，而扎西的心里长着石头，并开枝散叶。

缺少很多歪门邪道的念想，扎西认定的理儿也就成了溪边的河石，没角没边，看着光鲜，砸着自己，那才叫一个往死里疼。

扎西说自己和石头无关，有关的只是那些窜在村子里的流言蜚语。他说："我不在乎那些咬舌根子的事情，咬着自己，就跟蚊虫叮咬一样，用酸麻叶子的水酸一酸叮咬的地方，什么都过了。"这样一说，扎西倒成了村里大度的人。

不过，把一个无缘无故得来的虚名往自己身上靠，或许本身就是一种错误。扎西在夜里嘀咕着，白天却从来不说，装着什么事儿没有，把胸脯挺得宽宽的，显示出一幅真的很大度的样子。

其实，大度不大度，扎西肚子里弯弯拐拐的肠子清楚，扎西拳头那么大的心眼儿更清楚，谁叫树活一张皮，人活一张脸，已经被别人挂得高高的东西，落下来总是一件丢人现眼的事情。

扎西有空没空都喜欢往天上看，有时天上是云，有时是星星月亮，有时什么也没有，空洞得跟他的心一样。

心空得厉害的时候，他就去找尼玛摆摆话。两人遇见，少不了两斤江津白酒、一盘花生米，龙门阵是老龙门阵，毕竟一杆烟叶的工夫就能走完的凹村，要想找到新鲜话题，比想要找到一条藏在洞里的五花蛇还要难。酒有辣味的时候，他想给尼玛摆摆心里过不去的坎，但尼玛每次都会把他猎野猪的经历，一遍又一遍地重复着讲，讲到最后，扎西往往分不清到底尼玛是猎到了一头猪，还是一匹狼。酒喝成水的味道，扎西就不说话了，想走的时候他起身就飘着走了，尼玛还在那里没天没地地给扎西坐过的空板凳摆着他猎野猪的事情。

前些日子，李婆来到扎西家里，为了她家的驴踢伤扎西的事情说着软话："你扎西是村里出了名的不斤斤计较的人，别跟俺家一头牲畜生闷气，俺家日子过得苦闷，又摊上了一个又聋又哑的废人，过日子就跟在火上烤一样。”话没说完，豆大的眼泪珠子在李婆的皱纹间淌着。按理，谁家的驴踢了谁，不说去村口李中医那里看看，也得带上十几个鸡蛋来看看，这李婆倒好,啥没带来不说,哭得跟扎西把她怎么着似的。扎西知道，李婆每滚出眼眶的泪珠子都是有价的，至少一颗泪珠能抵上一个鸡蛋。扎西打发李婆回去了，自己却在床上躺了几天。李婆临走时，用袖子擦干镶嵌在皱纹里的泪花花，高兴地说：“扎西这娃就是个好娃,大度呀。”说着把木门“吱呀”一声关上了，割断了从外透进屋的光线，没开灯的屋子顿时染成一片漆黑。

“扎西，扎西，今天轮到你家三分地灌水。”扎西放下手中的包谷壳，走出屋子。只见管水的幺妹子站在上方，肩上扛着钉耙,一只脚跨在土堆上,活生生地把西落的太阳背在背上。“大概啥时候？”扎西站在门口，用一只手遮着额头，幺妹子黑黢黢的影子和后面刺眼的阳光在一起，让他睁不开眼。“你现在就去地里候着，上家的地喝足了水，自然就顺着沟渠流下来。”说着，幺妹子走开了，剩下又落了一节下去的太阳挂在那里。一阵干旱过后，地就跟个饿死鬼一样，张着嘴巴等着。水，窸窸窣窣地从杂草疯长的沟渠里流下来，跟做贼似的流到扎西脚下。他从地边站起身来，边拍屁股上的泥巴，边用钉耙去抹平地上的屁股印。完后，他盯着水看，水流经的地方，冒着一个个气泡，他乐着："慢点喝，慢点喝，看把你急的。"放了好一会儿，水却趴在原地不动弹了。照理说，按轮子排的水，沟渠里的水是不会小的。他扛着钉耙顺着水寻上去，走到半路，水来了，他又顺着水回到了地里。可放了一会儿，水又小了，他又扛着钉耙顺着水寻上去，到半路水又来了。他心里气，坐在一块石头上，抽了一根烟，看着水，水没有变细，他就回地里了。可刚到地里水又小了，一股怒火烧在心里，他气冲冲地沿着沟渠往上走，和前两次一样，水又大了，他没有管，一直顺着水渠寻上去，他心想一定得抓住偷水的贼，扇他耳光。正在这时，他看见嘎代从玉米地里走了出来，一双胶鞋湿漉漉的。"按轮子灌水，是不能偷水的，难道你不知道吗？"扎西冲着嘎代说。"哥，消消气，我也是没法，俺家地里的玉米都快燃起来了，按轮子的话，我还要等五天，那怎么行呀。"嘎代嬉笑着说。"管水期间偷水，是要罚款的，走，咱们去见村主任。"说着，扎西去拉嘎代的衣服。"大哥，俺家人都说你大度，让我向你学习，我这次错了，下次再不敢了。况且，你拉着我去见村主任，你家地垮了坎怎么办？"嘎代说着，从裤兜里拿出一根烟给扎西点着，又说道，"大哥，你是大度的人。"扎西瞪了嘎代一眼，烟不接，就往地里赶。“大哥，你真好。”身后传来嘎代细声细气的说话声，紧接着就是一阵得意的口哨声。扎西来到地里，看着水流淌，怎么想，怎么觉得不是滋味，一脚踹飞了一团干瘪瘪的泥饼。

他知道，以后有关他大度的事情还会接二连三地遇见，他心里隐隐作痛。

人活一张脸，树活一张皮。扎西为了那张脸，把自己弄得难受。